행복할 권리

혜범 스님

행복할 권리

문 없는 문

무문(無門), 문이 없다. 내가 들어갈 문도, 내가 나갈 문도. 온통 벽이다. 벽이 문일까? 문 없는 문. 언제까지 더 벽을 마주하고 앉아야 하는가. 나의 선(禪)과 두타행[托鉢遊行]은 가소롭다. 언제나 해골이 문제였다. 옷 한 벌(一衣), 밥그릇 하나(一食). 무일물(無一物)로 떠돌아다녔다.

벽을 길로 만들어 살아온 날들. 중아 중아, 아이고 이 땡중놈아, 하고 내가 나를 다시 부른다.

언제 뱀 잡아 회치고, 개구리 잡아 탕하고, 찔레 꺾어 밥 해놓고 알랑달랑 놀아볼까. 재미있고 즐겁게 이번 생(生), 알콩달콩 그대랑 살 수는 없을까. 괜히 왔다가 그냥 가고 싶지는 않다.

오늘도 여전히 벽을 마주하고 있다. 언제까지 나는 벽을 마주할 것인가.

이쁘게 책을 내준 조현석 시인, 교정을 봐준 혜경씨, 절집 식구들, 부처님께 두 손 모아 이 책을 바친다.

송정 山房에서

혜범

차례

문 없는 문

빈 배에 달빛만 싣고

젖은 나무는 타지 않는다

달을 삼킨 개구리

문 없는 문

청산이 여긴데

산길은 꾸불꾸불하다. 발끝만 보며 길을 오르다 바위에 걸터앉아 땀을 닦는다.

그렇다. 발걸음 끝은 언제나 암자였다. 백 년 전, 천 년 전에도 있었던 절터. 암자로 올라가는 길을 무심히 둘러보니 청산은 온통 봄맞이 준비로 바쁘다. 발 아래 산허리를 끼고 물이 돌아간다. 무심천이다. 옛날에 곰이 놀았다는 웅천. 맑은 물을 보니 마음까지 맑아진다. 조심스레 손으로 물을 떠 마신다. 산 아래 마을 사람들이 밥을 지어 먹을 물이다. 물맛이 기가 막히다. 마치 청산이 내 몸속으로 빨려 들어가는 듯하다.

물은 산 속 암자의 샘에서 시작되어 산 밑으로 흘러 내려간다. 봄노래라도 부르고 싶다. 고개를 들자 물가의 하얀 버들강아지, 그 큰 눈망울을 터트리며 웃는다. 장에 다녀오세요? 묻는 듯하다. 가슴이 두근거린다. 눈을 크게 뜬다. 송사리가 눈으로 들어온다. '애들아' 하고 불러본다. 대답대신 이리저리 헤엄치는 아이들을 보니 겨우내 힘들었던 마

청산은 그렇다. 마음이 치우치지 않고 그 누구에게도 평등하게 대해 준다. 집착의 마음, 소유의 마음, 대가를 바라지 않는 봄. "살아 있는 지금 이 순간이 최고의 순간이다." 봄바람이 그렇게 말한다.

음이 싹 가시는 듯하다. 녀석들의 몸놀림처럼 내 마음도 살랑거렸다.

청산은 그렇다. 마음이 치우치지 않고 그 누구에게도 평등하게 대해준다. 집착의 마음, 소유의 마음, 대가를 바라지 않는 봄. "살아 있는 지금 이 순간이 최고의 순간이다." 봄바람이 그렇게 말한다.

순간 나는 화들짝 놀란다. 얼마나 그렇게 앉아 있었을까, 숨을 크게 들이마시고 정신을 차려 몸을 일으킨다. 아, 나는 지금 이 최고의 순간을 도대체 어떻게 보내고 있는가. 장에서 사온 두부며 미역, 양념이 든 비닐봉투를 들고 일어서려다 내려다본다. 손전등에 들어갈 건전지, 부처님께 올릴 향과 초도 숨을 고르는 듯하다. 한참을 보고 서 있자니 마음이 파도치듯 일렁인다.

'저렇게 물처럼 흐르면 되는 것을. 그 무엇을 위해 그리도 용을 썼던가. 욕심과 성냄. 먹고 싸고 자고. 내 자신의 마음에, 계율에, 이놈의 경계에' 하며 미소 짓는다. 그래, 들어가자, 다시 청산 속으로. 나는 고개를 푹 수그렸다 다시 하늘을 올려다보며 걸음을 옮기기 시작했다.

그렇다. 이제 곧 개구리는 뛰어 다닐 것이고 흰 냉이꽃도 필 것이다. 자비로운 봄, 자비로운 산, 대자연의 품 안으로 가는 거다. 그러면 됐다.

그때 청산을 못 벗어나는 노랑나비 한 마리가 내 머리 위로 팔랑거리며 날고 있었다. 지금 내가 살아 있는 게 기적이다.

깨달음으로 가는 길

홀로 가야 한다. 이 생명에 깃들어 있는 거칠고 어울리지 않던 온갖 것들을 떨치고 청산을 향해 걷고 싶어 했다. 출구 없는 방에 뱀처럼 똬리를 틀고 앉아 "해야 고운 해야, 늬가 오면, 늬가 사 오면, 나는 청산(靑山)이 좋아라. 청산이 있으면 홀로래도 좋아라" 하고 박두진 시인의 '해'를 읊조리며 말이다.

방에는 구멍 세 개를 만들었다. 밥 들여오는 구멍, 밥을 먹었으니 오줌과 똥 나가는 구멍. 하늘을 볼 수 있는 구멍. 그 구멍 사이로 쏟아지는 눈부신 햇살, 가슴이 터질 듯했다. 빈손으로 오는 아침을 수없이 맞고 보내며 가부좌를 틀고 앉아 번뇌 망상에 시달렸다. 보이지 않는 출구, 목마른 긴 밤. 생성과 소멸 속에 나는 나를 가두고 또 가두었다.

화두에만 매달렸다. 은산철벽. 그래도 화두는 풀리지 않았다. 살아온 날들은 순례요, 수행이었다고 우겼지만 화두는 못난 기억과 추억들을 틀어잡고 놓아주지 않았다. 세속의 슬픔도 기쁨도 청산을 향한 그리움까지도 사치스러웠다.

식은땀 흘리며 '어디, 어디, 어디' 하며 떠돌이 품팔이꾼처럼 깨달음을 찾아 다녔던 나날들. 삶과 죽음, 영혼과 육체, 성(聖)과 속(俗). 모두 사사불공(事事佛供)이요, 처처시불(處處是佛)이라며 현실에 없는 이상향을 찾았던 걸음걸음. 그러나 열패감과 고독은 온 몸, 온 마음을 물어뜯었다.

누웠다. 그 동안 사느라 얼마나 고생 많았느냐, 잠 좀 자보자. 쓰디쓰기만 했던 현실. 무얼 그리 애면글면 했던가. 쉬어라. 도대체 내가 얼마나 잠을 잘 수 있는가. 매일 누워 있으려니 허리가 아팠다. 와선은 그랬다. 노래를 불렀다. 목이 쉬도록 실망하고 낙담했다. 내가 어리석고 못남에, 미치지 못함에.

다시 몸을 일으켰다. 그리고 어둠 속에 다시 앉았다. 바람소리가 귀를 찔렀다. 고라니 우는 소리도 처연하게 들렸다. 들짐승 날짐승들 뛰고 나는 소리. 나뭇가지 스치는 소리. 화두는 잡히지 않고 머릿속은 더욱 복잡해졌다. 허망하고 참담함에 소리쳤다.

현실과 꿈의 괴리감. 한숨과 흐느낌은 짙어졌고 고독은 더욱 깊어져 갔다. 위태로웠다. 머리서부터 발끝까지 오그라들었다. 깨달음에 대한 갈망. 몸부림치는 사투였다. 수행이 아니라 허투루 산 날들에 대한 형벌이었다. 하지만 발로 차면, 내가 주먹으로 치면 언제라도 나갈 수 있는 방이었다. 이겨내야 한다. 갑갑하고 답답한 이 마음의 감옥에서 나

청산에서는 누구나 다 자유인이다. 할 수 있는 건 무엇이든 할 수 있고 원하는 것은 무엇이든 이룰 수 있다. 지금 이 순간 그대로 행복이어라. 그렇듯 삶은 순간순간 놀라운 것이다. 사는 것이 존재하는 모든 것들의 본질이다. 만나고 나누고 웃으며 사는 것이 행복이다.

가야 한다.

마음을 가라앉혔다. 호흡을 가다듬었다. 길 없는 길, 문 없는 문. 벽 앞에 앉았다. 한 생명, 내가 나와 대면하는 일은 쉬운 일이 아니다. '벽이 문이다. 문은 벽이다' 해도 플라스틱 폐기물 같은 인간쓰레기, 시물(施物)로 살며 중생들의 피를 빨아먹는 기생충 같은 승려는 되고 싶지 않았다. 막막한 실존에 차가운 얼굴로 싸늘한 한숨만 내쉬었다. 모든 것이 낯설고 어색한 시간이었다.

부르지 않아도 아침은 왔고 점심이 되고 저녁이 되었다. 그러던 어느 날 마음으로 빛이 들어왔고, 찰나에 나를 가로막았던 벽을 발로 걷어찼다. 청산이었다. 청산으로 나오니 아침 해가 온 몸으로 나를 반겨주었다.

청산은 어디에 있는가. 극락에 있다. 가슴 속에 있었다. 마음의 문을 여니 청산이었다. 청산에는 너와 나 온갖 들짐승 날짐승, 나무와 풀과 숲과 하늘과 꿈이 뛰어놀고 있었다.

청산에서는 누구나 다 자유인이다. 할 수 있는 건 무엇이든 할 수 있고 원하는 것은 무엇이든 이룰 수 있다. 우리가 산다는 게 편안함과 명예, 부를 얻으려는 건 아니다. 지금 이 순간 그대로 행복이어라. 그렇듯 삶은 순간순간 놀라운 것이다. 사는 것이 존재하는 모든 것들의 본질이다. 만나고 나누고 웃으며 사는 것이 행복이다.

나도 나그네, 너도 나그네. 깨달음으로 가는 길. 가져갈 것도 버릴 것도 없다.

청산으로 가자

봄이다. 꽃이여 온 몸, 온 마음으로 오라. 마음에 고통 없는 이 누가 있는가. 지치고 힘겹고 고단하지 않은 이 누가 있는가. 사랑의 시작이자 감사의 계절, 봄이 왔지 않은가. 이제 마음의 문을 열 때다. 씨 뿌리면 꽃 피리라.

늦었다고 생각할 때가 가장 빠른 때다. 흐린 주점에 앉아 쉰 목소리로 울지 마라. 벌겋게 달아올라 소리치지 말고 산으로 오라. 청산으로 들어와 밭 갈고 씨 뿌리고 열매 거두자. 눈물 흘리며 살지 말고 웃으며 살자. 속 끓이며 살지 말자. 별 거 없다. 이 세상은 우리에게 큰 선물이다. 이 세상이 바로 천국이다. 새벽마다 물 한 그릇 올리고 기도하는 마음으로 살자. 우리에겐 진실이 있다. 행복은 우리 안에 있으니 마음을 열기만 하면 된다.

청산(靑山)으로 가자. 땀 흘리러 가자. 나물에 꽁보리밥이면 어떠랴. 가슴에 등에 무거운 돌 이고 지고 그대 어디로 가는가.

그대 살아 꿈틀거리는 봄으로 오라. 흙으로 갈 세상, 흙으로 오라. 그대는 누구인가. 어디에 서 있는가. 미망(迷妄)을 걷어내고 구름 바람 들 꿈이 되자.

바람 부는 언덕배기에 선 우리들. 맑은 물, 고운 햇살이 되자. 서로가 서로에게 기쁨과 행복이 되는 생각의 나무를 키우자. 그대여, 꿈으로 오라, 소나무로 오라. 무죄(無罪)한 시대의 희생자여, 그대가 이 세상의 주인공이다. 새벽하늘에 떠오르는 태양이 되고 달이 되고 빛나는 별이 되자.

세상에 온 몸 묶여 발길질 당하는 이여. 산으로 오라. 바람처럼 부초처럼 뿌리도 없이 떠돌려거든 땅으로 오라. 죽고 싶어도 죽지 못하는 이여, 살아도 살지 못하는 이여. 우리 제대로 숨 쉬고 살자. 살아 있다고 큰소리 쳐보자. 이 땅의 흙에 산에 뿌리 내리자. 내가 그대를 부르지 않

청산(青山)으로 가자, 땀 흘리러 가자, 나물에 꽁보리밥이면 어떠랴, 가슴에 등에 무거운 돌 이고 지고 그대 어디로 가는가, 그대 살아 꿈틀거리는 봄으로 오라, 흙으로 갈 세상, 흙으로 오라, 그대는 누구인가, 어디에 서 있는가, 미망(迷妄)을 걷어내고 구름 바람 들풀이 되자,

더라도 우리는 어디든 갈 수 있고 또 올 수 있지 않은가. 울며 울며 억척스럽게 유난을 떨며 여기까지 왔는데, 그대 억울하지 않은가.

사람답게 산다는 게 무엇인가. 고단한 인생, 그러나 무엇을 슬퍼할 것인가. 싸워서 이겨야 살아남는 세상. 내가 이겨야 한다면 그 누군가는 짓밟혀야 되지 않겠는가. 가슴 끓이지 말자. 가슴 치지도 말자. 많이 가져야 되는 세상, 내가 갖는다면 누군가는 그만큼 잃어야 되지 않겠는가. 그런 세상에서 몸부림치는 이여. 놓아라, 두어라, 비워라. 저 봄밭에 희망의 씨 뿌리고 기르고 거두자.

기쁨과 평화의 산을 오르자. 종잡을 수 없는 세상살이지만 걱정하지 말라. 벌써 그대는 구름과 바람, 청산이거늘. 밟히는 들풀도 하늘을 나는 봄나비 한 마리도, 이 시대에 살아남은 그대는 이미 기적을 이루었다. 그대가 바로 이 세상의 가장 큰 선물이자 생불(生佛), 바로 부처님이시다.

가을이 전하는 말

바람이 분다. 법당 지붕 위로 낙엽이 비처럼 떨어진다. 절 도량에서 달리기하던 나뭇잎들, 가을의 전사들이다. 그 단풍진 언어들은 바람을 불러 널을 뛰었다.

어제는 서리가 내렸다. 나도 내 그림자마저도 서리 맞은 들풀처럼 시들어간다.

붉은 피를 토하던 산, 알록달록 산 속을 떠돌던 바람. 그 생각의 언어들이 내 가슴 속에서 바람을 일으켰다. 하늘에서 떨어지는 낙엽비, 은은히 토해내는 산울림. 이제 가을이 전하는 언어들도 저 서리와 함께 산 속 곳곳에 쌓여 흙으로 묻힐 것이다. 겨울비에 그리고 싸륵싸륵 눈에 덮여 겨울에 잠길 것이다. 그토록 내 속을 헤집던 존재의 흔적들마저 모진 바람, 찬 서리에 숨을 내려놓을 것이다. 다시금 울어 울어 봄을 만들어낼 때까지.

안개, 검은 안개의 혓바닥에 몸을 떠는 나뭇가지들. 아아, 파리한 달빛. 산짐승들이 밤새도록 끌고 다니는 발자국소리. 그렇게 가을은 휘청거리며 도망치고 싶던, 무명 납자의 정신을 후려쳤다.

고운 햇살, 맑은 샘물처럼 살고 싶었다. 누각 앞에 서니 개암 떨어지는 소리가 들렸다. 달이 떠올랐다. 돌배 익는 소리도 들렸다. 이윽고 안개 속으로 떠오르는 산상봉의 만월.

누가 둥근 거울 빚어
저 하늘 높게 걸어 놓았나
그 마음 끝없어
온 누리 구석구석 비추네

달이 한송이 꽃으로 피어오르고 있다. 고라니 몇 마리 놀란 눈빛으로 내 방 앞을 쭈뼛거리다 산으로 든다. 가을꽃은 길에도 피고 들에도 피고 하늘에서도 핀다. 여전히 꽃처럼 향기를 내려주는 달빛. 어르고 달래듯 내 가슴 속을 파고든다. 깨우치지 못한 내 얼굴에 시원한 물을 확 끼얹듯 빛을 쏟아 붓는다. 부르르 몸을 떤다.

세월은 흐르고 이 세상 영원한 것은 없어 무상(無常)하거늘 닭이 알을 품듯, 얼음을 밟고 강을 건너듯 그 무엇을 그리 고뇌하며 살아왔던가. 아니면 고양이 쥐 잡듯, 불붙은 머리의 불을 끄듯 무엇을 그리 버둥

달이 한송이 꽃으로 피어오르고 있다. 가을꽃은 길에도 피고 들에도 피고 하늘에서도 핀다. 여전히 꽃처럼 향기를 내려주는 달빛. 어르고 달래듯 내 가슴 속을 파고든다. 깨우치지 못한 내 얼굴에 시원한 물을 확 끼얹듯 빛을 쏟아 붓는다. 부르르 몸을 떤다.

거리며 견뎌왔던가. 구한다고 다 얻을 수 있는 게 아니었음을.

뱀의 다리를 그리려 했던 지난 날들. 두어라. 놓아라. 달은 결코 바람에 흔들리지 않는다. 눈을 감고 달을 보려했던 어리석은 나여. 마음의 눈, 법계를 열어 영광스런 수행자의 길을 힘차게 나아가기를 발원한다.

동자승의 종소리

수행납자의 길은 떠나는 것이다. 떠남이 곧 길이다. 그것도 머물고 싶어 떠나는 길. 운수란 구름과 물처럼 떠도는 것이다.

아주 오래 전 이야기다. 봄비가 내리고 있었다. 그 당시 나는 누더기꼴이었다. 고행길은 서울까지 이어졌다.

"나는 수도승(修道僧)인가, 수도승(首道僧)인가? 너는 도대체 누구냐?"

나는 미친놈처럼 중얼거렸다. 그렇게 정말 누더기를 걸친 걸인처럼 기차에서 내려 서울역 건물을 한참 바라보는데 울컥 콧잔등이 시큰해졌다. 이미 부모형제를 버린 몸. 집도 절도 없이 떠돌던 세월을 서울역 광장에 다 쏟아놓는 듯했기 때문이다.

버스를 두 번이나 갈아타고 사형 절에 도착하자니 열한두 살쯤 되었을까, 까까머리 동자승이 종각 앞에 서서 합장 반배하는 모습이 보였다. 그리고는 이내 떠엉, 종을 쳤다. 걸망도 풀어놓지 못했는데, 저녁 예불을 알리는 종소리였다. 점심도 굶은 터라 배가 무척 고픈데 아뿔

싸! 밥때를 놓치고 말았음을 예감하는 소리이기도 했다. 부지런히 밥때를 맞춰 왔건만 어쩔 수 없었다. 절집에서는 밥때를 놓치면 밥을 주지 않는다.

운수납자, 떠돌이 나그네 굶는 거야 여반사라 그냥 법당으로 들어서려는데 동자승의 종 치는 모습이 눈에 들어왔다. 동자승은 먼저 한 추를 쳐 종소리를 속가로 내려 보내고 나서는, 종 한 번 치고 하나, 둘, 셋, 넷, 다섯 하며 묘한 손동작을 하고 또 종을 쳤다. 쿵후인지 택견인지 모르게 재미난 동작을 반복하고 있었다. '여기가 소림사인가' 하며 나의 행자 시절이 떠올라 웃음이 절로 났다.

"종은 왜 치는지 아나?"

내가 종이라면 좋겠다. 목탁같이 살아야지. 살아 있다는 건 멋진 일이다. 내가 살아 있음으로, 깨어 있음으로 기쁨을 주는 종, 슬픔을 거두는 그런 종이 되길 바랐다. 모든 악을 쓸어가는 종이 되어 목탁 같은 삶, 죽비 같은 삶. 내게 스쳐가는 순간순간 깨어 있기를 오늘도 간절히 기도하고 있었다.

스승님이 물었지만 나는 중생들을 위해 친다고 말하지 않았다. 스님은 내게 숨을 깊게 들이쉬고 종을 친 다음에 느리게 천천히 숨을 내쉬라 했다. 하지만 그 말씀을 따랐던 기억은 없다. 지지리도 말 안 듣던 시절이었다.

"스님이 내 머리통 치시는 건 알아요. 쎄게 때리믄 많이 아프고 살살 때리면 쪼매 아파요."

"……."

이미 절집의 사(四)물에 대해서는 배운 터였다. 목어는 수중고혼들을 제도하는 것이고 운판은 날짐승을, 범종은 지옥의 중생들을 제도하고, 법고는 길짐승을 인도하는 것임을 알고 있었다.

그때의 모습을 떠올리며 동자승을 향해 중얼거렸다. 그래 종을 쳐라, 크게 쳐라. 어찌 되었든 사랑의 쇠사슬에 묶여 고통 받지 말고 그 심연의 쇠사슬을 끊어내야지 하고 속으로 동자승을 응원하며 입맛을 쩝쩝 다셨다.

종은 크게 치면 소리가 크게 난다. 귀가 있는 자는 들린다. 침묵하라. 오직 있는 그대로 보기만 하라. 관(觀)하여 볼 수 있다면, 그때 모든 것을 성취하리라. 생각이 거기까지 갔을 때였다. 나의 모습을 지켜보는 이가 있었다. 사형이었다. 멈춰 선 내 뒤에 사형이 법당으로 들어가려고 가사장삼을 수한 채 서 있었다.

“그래, 오셨는가, 종소리가 어때?”

“…… 제가 종이라면 좋겠습니다.”

“그럼 많이 아프겠네. 옛날처럼.”

사형의 말씀에 나도 빙긋이 미소 지었다. 여전히 종소리는 삼천대천세계로 울려 퍼지고 있었다. 예불을 하며 나는 종소리의 심연으로 들어가고 있었다.

내가 종이라면 좋겠다. 목탁같이 살아야지. 살아 있다는 건 멋진 일이다. 내가 살아 있음으로, 깨어 있음으로 기쁨을 주는 종, 슬픔을 거두는 그런 종. 모든 어둠, 악을 쓸어가는 종이 되어 목탁 같은 삶, 죽비 같은 삶, 내게 스쳐가는 순간순간 깨어 있기를 오늘도 간절히 기도한다.

사람이 그리운 날

잎 지는 초저녁, 무덤들이 많은 산(山) 속을 지나왔습니다. 어느 사이 나는 고개 숙여 걷고 있습니다. 흘러들어온 하늘 일부는 맑아져 사람이 없는 산 속으로 빨려듭니다. 사람이 없는 산 속으로 물은 흐르고 흘러 고요의 바닥에서 나와 합류합니다. 몸이 훈훈해집니다. 아는 사람 하나 우연히 만나고 싶습니다.

무명씨(無名氏),
내 땅의 말로는
도저히 부를 수 없는 그대……

— 신대철, 「사람이 그리운 날 1」

신대철 시인의 시집을 읽는 새벽, 제법 쌀쌀하다. 기세등등하던 여름이 자리를 내려놓으니 아침햇살 한 줄도 귀하게 느껴진다. 눈을 돌리면 들녘에 넘실거리는 황금물결, 서로 몸을 기대고 은은히 가을노래를 부르는 코스모스. 굳이 행장을 꾸리지 않고도 이미 가을은 곁에 와 있다.

그렇게 나는 만산홍엽 춤추는 산의 큰 품에 안겼다. 돌과 바위가 박힌 산길을 걸으며 가을의 전언(傳言)에 눈을 빼앗긴 채 타박타박 산을 올랐다. 굽어진 길 왼쪽으로 개울 물이 흐르고 있었다. 보고 또 보지만 내려갈 때 보던 그 개울이 아니다. 내로 해서 천으로 천에서 바다로 먼 길을 흘러가겠지만, 세상 만물은 시시때때로 그렇게 순간순간을 변해가는 것이다. 오늘의 내가 분명 어제의 나가 아니듯이.

는적는적 걷는데 도토리 하나가 내 머리 위로 툭 떨어졌다. 걸음을 멈추고 고개를 들어보니 성근 밤들이 입을 헤벌리고 나를 내려다본다. 그때 울려 퍼지는 종소리, 노을을 흔들며 분수처럼 뿌려지는 종소리가 들리는 듯했다. 올려다본 하늘이 현기증이 날 정도로 붉은 노을을 머금고 있다. 그렇게 산중 어디선가 목탁새가 울고, 다람쥐와 청설모들이 잣나무 오르기 경주를 하고 있다. 그야말로 있는 그대로의 만물들이 나의 오감을 일으켜 세웠다.

나는 지나가는 여름을 아직 놓지 못했다. 까닭에 다가온 가을을 막아 세우지도 못했다. 여전히 그대로인 것이다. 여기에 어떤 미사여구가 필요하고 어떤 표현이 필요하단 말인가. 이것이 자연의 이치요, 부처님의 법임은 말이 필요 없음이다.

깨달음이 궁극이어도 좋고 과정이어도 좋다. 내가 이렇게나마 살 수 있다는 건 기적이다. 사랑하고 아끼고 봉사하며 사는 삶. 내가 행하는 모든 것들이 그렇듯 기도하는 마음으로 살았으면 한다. 다시 암자를 돌아 길에 고개 숙이지 않을 수 없었다.

이치란 말을 끊음이 아니요, 또 말을 끊음이 아님도 아니다. 그러므로 또한 이치가 말을 끊음이기도 하고 끊지 아니함이기도 하다. 나는 어떻게 구경(究竟)에 다다를 것인가. 깨달음이 궁극이어도 좋고 과정이어도 좋다. 내가 이렇게나마 살 수 있다는 건 기적이다. 사랑하고 아끼고 봉사하며 사는 삶. 내가 행하는 모든 것들이 그렇듯 기도하는 마음으로 살았으면 한다. 다시 암자를 돌아 길에 고개 숙이지 않을 수 없었다.

길 양쪽으로 쌓이는 주관(主觀)과 객관(客觀)들을 밟으며 산사로 들어서자 풍경이 뎅그렁거리며 못난 불제자를 반긴다. 산 속에 파묻힌 절, 절 속에 파묻힌 산. 진여(眞如). 그 정적의 바다 한가운데에 약수처럼 떨어지는 목탁소리를 맞으며 세상에 흐르는 물의 진원지, 수각(水閣)의 감로수 한 잔 떠 마신다. 낙조의 대웅전. 사제 스님의 염불소리, 예불 목탁 내리는 소리가 감로수 잔을 타고 돈다. 우리 모두 반야선(般若船), 한배를 탄 즐거운 항해자들이다.

사랑하지 마라

不當趣所愛 亦莫有不愛(부당취소애 역막유불애)

愛之不見憂 不愛亦見憂(애지불견우 불애역견우)

是以莫造愛 愛憎惡所由(시이막조애 애증악소유)

已除結縛者 無愛無所憎(이제결박자 무애무소증)

사랑하는 사람을 가지지 말라. 미운 사람도 가지지 말라. 사랑하는 사람은 못 만나 괴롭고 미운 사람은 만나 괴롭다. 그러므로 사랑을 지어 가지지 말라.

사랑을 하게 되면 눈에 콩깍지가 낀다. 사랑을 하되 연잎의 물방울이나 바늘 끝의 겨자씨처럼 온갖 욕정에 얽매이지 말라는 얘기다. 사랑도 미움도 아닌, 시비분별이 없는 사랑. 내 사람 내 자식 내 것. 집착이 아닌 사랑. 참 힘들다.

인간에게 사랑 빼면 무엇이 있을까. 사랑은 가슴 설레고 두근거리게 한다. 그렇다. 사랑은 사람을 일깨워준다. 세상을 감사하게 한다. 성숙하게 하는 것이다. 우리는 흔히 사랑을 인연이요 운명이라 한다. 사랑하게 되기 때문이고 사랑할 수밖에 없기 때문이다.

우리는 사랑을 지키려 한다. 세상 무엇보다 힘든 일이다. 그만큼 아파해야 한다. 사랑하며 산다는 것은 헤어지기 싫다는 것이다. 눈뜰 때마다 보고 싶고, 옆에 있어도 보고 싶고 그립다. 그렇게 사랑이 아니고서는 사랑이라 할 수 없다.

그러나 사랑은 미움이 되기도 한다. 정녕 인연이라면 안아주고 품어주고 용서해주고 함께 사랑의 길을 가지만 잘못된 사랑은 눈물의 씨앗이 된다. 사랑이 어그러지면 아픔이 된다. 사랑은 떠나고 기억만 남는다. 괴롭다. 스쳐지나가는 인연이 되는 것이다. 이별해보지 않은 사람이 누가 있겠는가. 사랑의 고통에 밤을 지새워보지 않은 이는, 밤 새워 싸워보지 않은 이는 어른이 될 수 없다.

결국 영혼이 무거워진다. 슬픔보다 더한 슬픔, 흙덩이를 서로에게 던지는 것 같은 그 몸부림, 지독한 사랑을 딛고 서면, 끝내는 사랑이 아니라 운명 숙명 평생의 사랑이 된다. 정이란 놈도 사랑이다. 그래서 사랑은 존중하는 것이며 정성과 온 힘을 다하는 것이다.

종이라고 하는 것은 치면 소리가 난다. 쳐도 소리가 나지 않는 것은 종이 아니다. 또 거울이란 비추면 그림자가 나타난다. 비추어도 그림자가 나타나지 않는 것은 세상에서 내다버린 거울이다. 보통 사람이란 사랑하면 따라온다. 만해 한용운 스님이 말했다. 사랑해도 따라오지 않는 사람은 또한 세상에서 버린 사람이라고.

그렇다. 어찌 사랑을 하지 않고 이 땅에 살 수 있단 말인가. '사랑하지 말라'는 '더 사랑하라'는 말의 역설이다. 그러니 '사랑을 지어 가지지 말라'는 말은 함부로 사랑하지 말라는 말이다.

만해 한용운 스님이 말했다, 사랑해도 따라오지 않는 사람은 또한 세상에서 버린 사람이라고, 그렇다, 어찌 사랑을 하지 않고 이 땅에 살 수 있단 말인가, '사랑하지 말라'는 '더 사랑하라'는 말의 역설이다, 그러니 '사랑을 지어 가지지 말라'는 말은 '함부로 사랑하지 말라'는 말이다,

잠 못 드는 이에게 밤은 멀어라

잠 못 드는 이에게 밤은 길고
피곤한 나그네에게 길이 멀듯
이 사랑 모르는 어리석은 이에겐
생사의 밤길은 멀고 멀어라.

봄이다. 오늘도 절을 나와 걷는다. 산들바람이 분다. 온 몸으로 새순을 밀어내는 나무들. 아지랑이 피어오른다. 한 장의 풍경 사진을 보는 듯하다. 나무가 있고 바위가 있고 계곡이 있고 학이 날고. 그 사진 같은 풍경 속으로 빨려 들어가는 나. 걸으면서 이미 나는 누구, 여긴 어디, 하고 발을 내딛을 때 경계를 묻던 것도 잊어버렸다.

산중턱 바위에 앉는다. 햇살이 따사롭다. 나도 풀이나 나무처럼 이렇게 햇살을 안아야 움이 트나보다. 화사하게 당당하게 피어오르는 봄의 자태를 보며, 나도 절로 봄이 되고 만다.

그러나 내게도 세상이 아득하게 느껴질 때가 있었다. 혹역사라고 해야 할까. 눈발 날리고 바람 몹시 불던 날. 상처를 이기지 못해 신음하던 날들이 많았다. 사는 게 지리멸렬했다. 생은 고단하고 만만치 않았다. 정처 없는 나그네였다. 그 어느 곳에 머물러 봄이면 밭도 갈고 씨도 뿌리고 싶었다. 머물고 싶어 떠났던 길들이 아지랑이처럼 피어오른다.

절망에 빠져본 사람들은 안다. 추위와 배고픔에 찌푸린 얼굴, 웅크린 몸뚱어리. 가진 것이 없었다. 한 발 한 발 딛고 가지만 갈 곳이 없었다. 허허벌판을 내달리던 헐벗은 인간. 세상은 그렇게 녹록치 않았다. 굶는 것이 다반사였고 길잠도 자야 했다.

은사 스님은 돌아가시고, 집도 절도 없이 몸뚱어리 하나 끌고 동가숙서가식, 거처 없이 떠돌았다. 부모와 형제를 버리고 출가한 몸. 내딛는 걸음걸음 사람들은 나를 사람으로 보지 않았다. 노숙자, 부랑아. 거처가 없으니 주소가 없었다. 주민등록도 말소되었다. 예비군훈련을 받지 않아 고발되었다. 불행한 일들만 닥쳐왔다. 아버지가 돌아가셨고 누나는 목을 매었고 형은 대장암으로 죽었다. 고통의 고통에 의한 고통을 위한 승도 속도 아닌, 패배자였다. 끝없는 절망. 불안함에 소주와 함께 담배와 함께 불쾌하고 불편하고 불온했던 나.

세상에 베인 수많은 상처들. 경계가 늘어나 결국엔 무기(無記)에 빠졌다. 몸 하나인데 머리가 둘 백 천으로 달려 따로 노는 듯했다. 하여 나

발고랑처럼 패인 주름살, 제초제를 앞에 두고, 온 몸에 시너를 뿌리고 불을 댕기려다 먼 산을 바라보며 울부짖던 나, 머물고 싶어 떠나온 길, '가까이 오라, 너는 너의 시간이 얼마 남지 않았다' 하고 부처님이 부르는 소리에 순전히 부처님의 공덕으로 이렇게 살게 되었다.

는 나를 비명 속으로 처넣었다. 눈물, 한숨과 근심들. 몸에 착 달라붙어 있는 허무와 절망들. '아, 이제 그만하자' 해도 말을 들어먹지 않았다.

결국 병든 나는 나에게 야유를 퍼부었다. '거봐라. 거지꼬락서니를 하고. 니가 그렇지 뭐 너 따위가.' 그랬다. 세상은 무상했고 가혹했다. 한 발짝 두 발짝 발을 떼어놓았지만 오른발과 왼발이 맞지 않았다. 내가 나에게 속았다. 내가 나에게 막말과 욕설을 퍼부었다. '바보야, 등신아. 너 같은 놈은 죽어버려. 그래, 알았어. 죽을게. 내가 죽으면 다 끝 아닌 감?' '네가 나한테 이럴 수 있어? 네가 나한테 정말 이러면 안 돼. 나는 이제 나의 슬픔과 싸우는 걸 포기하기로 했어. 슬픔과 고통, 광기로 찬 네 눈은 보기도 싫어. 다시는 보지 않을 것이야…….' 그러다 부처님이 '일어나, 일어나. 이제 그만. 여기까지' 하며 나를 달래주었다. 그래도 수천 개의 나의 머리들은 서로 다른 곳만 쳐다보며 엉뚱한 짓들을 했다.

'바람이 분다. 살아야겠다. 바람이 분다. 살아야겠다. 바람이 불지

않는다. 그래도 살아야겠다.'

어느 날 말라르메의 말장난 같은 시구가 내 귀로 흘러들어왔다. 그리고 나는 관세음보살을 찾으며 눈을 씀벅거렸다. 삼십대의 나였다.

그리고 이제 육십대. 호미 잡고 고랑 타고 앉아 풀을 뽑다가 옛 생각에 호미를 놓고 산보 중이다. 밭고랑을 일구고 씨 뿌리고 비닐도 씌워 싹을 틔우고 대를 세워주었다. 그때 내가 절망에 졌다면 오늘의 나는 없었을 것이다. 밭고랑처럼 패인 주름살, 제초제를 앞에 두고, 온 몸에 시너를 뿌리고 불을 댕기려다 먼 산을 바라보며 울부짖던 나. 머물고 싶어 떠나온 길, '가까이 오라. 너는 너의 시간이 얼마 남지 않았다' 하고 부처님이 부르는 소리에 순전히 부처님의 공덕으로 이렇게 살게 되었다.

'괜찮아, 잘했어' 하고 절망에 떨던 나를 일으키고 '일어나 그래, 평화로운 삶과 깨달음을 향해 걸음을 다시 놓는 거야. 기쁨을 주는 즐거운 사람이 되어야지. 고통을 없애주는 사람이 되어야지. 나보다 아픈 사람들이 얼마나 많은데' 하며 진달래 흐드러진 봄 산으로 걸음걸음 평화로운 삶과 깨달음을 향해 걸음을 옮겨놓았던 것이다.

땅에서 넘어진 자 땅을 딛고 일어나라

離地舊基 無有是處也(이지구기 무유시처야)

因地而倒者 因地而起(인지이도자 인지이기)

땅에서 넘어진 자 땅을 딛고 일어나라. 괴로워하고 고뇌에서 벗어나고자 하는 이여. 번뇌 그 번뇌 망상이 없으면 깨달을 수가 없나니, 고난과 역경, 자신의 한계를 피하지 말고 부딪혀 싸우라. 번뇌즉보리 망상즉보리라. 실패에 좌절하지 말고, 절망을 딛고 일어남은 놓고 두고 비움이다.

방하착(方下着), 놓아라. 허공에 꽃을 피우고 있는가. 그건 집착이다. 헛꽃, 괴로움의 원인이다. 다 탐진치다. 조고각하, 두어라. 잘못된 자리에서 자정하고 참회하여 다시 시작하라. 비워라. 권토중래(捲土重來), 우리는 흙에서 왔다. 흙으로 돌아갈 것이다. 빈손으로 왔다 빈손으로 가는 길. 저승 가는 길에 입는 옷엔 주머니가 없다. 흙먼지를 날리며 다시

흙먼지처럼 올 것이다. 탐진치를 놓고 두고 비워라. 그리고 처음부터 다시 시작하자.

우울하다. 분노가 인다. 말이 들끓는다. 왜 이 모양인가. 번뇌의 사슬을 끊어야 한다. 화내지 마라. 내가 만들고 내가 가는 세상이다. 선인선과요, 악인악과다. 콩 심은 데 콩 나고 팥 심은 데 팥 난다. 그 누구도 인생을 대신 살아줄 수 없다. 자업자득 자작자수(自業自得 自作自受)다. 내가 만들고 내가 받는 법. 무소의 뿔처럼 홀로 가자. 하늘은 스스로 돕는 자를 돕나니. 자생, 자립, 자활, 자성, 자각, 자유를 꿈꾸라.

문제가 생기면 도망가지 마라. 아니 땐 굴뚝엔 연기가 나지 않는다. 외로움과 괴로움, 번뇌와 어리석음. 부딪혀 싸워라. 무엇보다, 내가 어디에 있는가. 나의 모습을 찾으라. 가장 중요한 건 내가 세상의 중심에 서 있어야 하는 거다. 있는 그대로의 나를 보자. 나에게 속지 않으면 그게 시작이다. 편리함, 빠름을 택하지 말라. 정도로 가라. 부족하고 창피해도 나는 나다. 나를 찾았으면 나부터 가자. 놓아라. 두어라. 비우자.

소욕지족 소병소뇌(少慾知足 少病少惱)이다. 묵빈대처(默賓對處)하라. 그것이 안분지족(安分知足)이요, 안빈낙도(安貧樂道)다.

모든 건 마음먹기에 달렸다. 작은 눈송이가 거목을 쓰러뜨린다. 낙숫물이 바위를 뚫는다. 우리의 몸과 마음은 하나다. 분리된 자아는 있을 수 없다. 알아차림. 깨어야 한다. 평상심이 바로 도인 것이다. 늘 깨어 있을 것. 우리가 서 있는 곳, 처해 있는 현실. 모두 다 깨달음의 화두가 된다. 집착을 버린다는 것이 쉬운 일이 아니다. 나쁜 일을 하지 말고 좋은 일을 하는 것. 살아 있는 지금 이 순간. 작은 나의 노력이 생을 바꾸는 일이다. 그 작은 변화가 세상을 바꾸는 일, 변혁이다. 그것이 바로 자기혁명의 시작이다.

문제가 생기면 도망가지 마라, 아니 땐 굴뚝엔 연기가 나지 않는다, 외로움과 괴로움, 번뇌와 어리석음, 부딪혀 싸워라, 무엇보다, 내가 어디에 있는가, 나의 모습을 찾으라, 가장 중요한 건 내가 세상의 중심에 서 있어야 하는 거다, 있는 그대로의 나를 보자, 나에게 속지 않으면 그게 시작이다,

빈 배에 달빛만 싣고

따스한 생명의 봄날이다.

"스님, 산에 오르려면 어느 길로 가요?"

봄바람 부는 밭에서 고랑을 일구는데 산을 오르던 이가 묻는다.

"저 산으로 오르는 길이 어딘가요?"

"이 길입니다."

"이 길이 저 길인가요?"

"네. 저 길이 이 길이고 이 길이 저 길입니다."

"다른 길은 없나요?"

"다른 길이라, 가시는 길이 다른 길이에요. 인생이라는 게 그렇죠? 이 길이 그 길이고 그 길이 저 길입니다. 여기가 거기고 거기가 여기듯이."

이런저런 길, 한 발 한 발 이 길 저 길 가면 이런 꽃 저런 꽃, 이 길엔 다람쥐 저 길엔 담비. 모두가 다 마음 놓고 사는 곳이 산이다.

슬쩍 암자의 허리를 돌아들면 산이다. 언제라도 나는 마음만 먹으면 산을 오른다. 산이 거기에 있으니까. 거기 힘들게 내려올 걸 왜 올라가, 하는 이도 있지만 그 말은 죽을 걸 왜 살아? 하는 말과도 같다. 오늘도 산이 있고 나는 거기를 오른다. 아니다. 산을 오르는 건 힘들다. 어렵다. 어려운 난관을 헤쳐 나가기 위함이다. 대자연과 나와의 만남이다.

지자요수 인자요산(知者樂水 仁者樂山)이라 했다. 지혜로운 사람은 물을 좋아하고 어진 사람은 산을 좋아한다는 뜻이다. 새벽 예불을 하고 산을 오르는 건 거의 습관이다. 나는 지자(知者)가 되자는 것도 아니고 인자(仁者)가 되자는 것도 아니다. 밤새 가부좌를 틀고 앉아 몸을 펴려고 하는 삶, 생활의 활력 때문만은 아니다. 지금은 그렇게 못하지만, 젊을 때는 방에 불을 그리 많이 때지 않았다. 남자는 추워야 한다는 이유 때문이었다.

겨울을 이겨내느라 꽉 다문 입술, 움츠린 몸으로 산을 오르다보면 숲이 보인다. 숲은 나무다. 나무와 나무가 모이면 작은 숲이 된다. 숲과 숲이 더불어 산이 된다. 나무와 풀과 바람이 속삭인다. '스님, 말 없이 사세요. 물처럼 바람처럼 그렇게 사세요' 한다. 나는 피식 웃으며 흥얼거리기 시작한다.

십리절반 오리나무, 열의 곱절 스무나무, 대낮에도 밤나무. 오자마자 가래나무, 방귀 뀌어 뽕나무, 깔고 앉아 구기자나무, 거짓 없이 참

슬쩍 암자의 허리를 돌아들면 산이다, 언제라도 나는 마음만 먹으면 산을 오른다, 산이 거기에 있으니까, 거기 힘들게 내려올 걸 왜 올라가, 하는 이도 있지만 그 말은 죽을 걸 왜 살아? 하는 말과도 같다, 오늘도 산이 있고 나는 거기를 오른다, 아니다, 산을 오르는 건 힘들다, 어렵다, 어려운 난관을 헤쳐 나가기 위함이다, 대자연과 나와의 만남이다,

나무, 그렇다고 치자나무, 칼로 베어 피나무. 입 맞추어 쪽나무, 양반골에 상나무, 너하고 나하고 살구나무, 이리저리 주목나무, 하나 둘 셋 삼나무, 오지 말고 가시나무, 맘 헤픈 다정큼나무, 다리 허리 등나무, 뼈만 남은 겨울나무, 엄동설한 소나무. 흥얼흥얼 염불처럼 주절거리면 그 소나무 위로 태양이 떠오른다.

떠오르는 태양이 녹아내리듯 하늘과 바다 위에 떠 있고 햇빛으로 가득 찬 세상. 산과 하늘을 이어주는 그 생명의 빛과 함께 바람이 불어온다. 딸을 낳으면 딸 몫으로 오동나무 몇 그루를 심고, 아들을 낳으면 선산에 소나무 잣나무를 심고 싶다던 말을 떠올린다.

또다시 걸음을 놓으며, 입 맞추자 쪽나무, 둥둥 울려라 북나무, 사시사철 사철나무, 벌벌 떠는 사시나무, 대낮에도 밤나무, 오지게 먹자구

나 이팝나무, 잔치구나 국시나무, 와도 와도 갈나무, 오자마자 가래나무, 그지없다 참나무, 칼로 베어 피나무, 목에 걸려 가시나무, 죽어도 살구나무를 부른다.

'이 나무 저 나무 내 밭두렁의 내나무……' 하고 한걸음 팔을 이쪽으로, 또 한걸음 팔을 저쪽으로 휘저으며 민요인 나무타령을 흥흥거리며 걷다보면 땀이 난다. 저 너머 산봉우리 봉우리 어깨를 짚고 나를 바라보는 산. 이쯤 되면 해가 동쪽에서 쑥 떠오른다.

꿈으로 가는 길. 그렇게 오늘의 빛을 엮어 길을 내주는 대자연의 품에 안기면 그저 경이롭다.

꽃을 피우는 마음

매화나무 묘목 열다섯 그루를 심었다. 푸른 잎, 꽃과 꽃의 향기를 느낄 수 있는 나무를 찾다보니 매화가 제격이다 싶었다. 난초가 향기가 좋기는 하지만 관리도 어렵고 꽃을 피우기는 더더욱 어렵다. 그렇게 선택한 것이 매화나무다.

묘목마다 매형(梅兄), 매군(梅君), 매선(梅仙) 하고 부르며 묘목을 심었다. 그리고 어깨를 쓰다듬듯 가지를 만져준다. 낯선 땅과 한 몸이 되기 위해 수고하라고. 뿌리를 내려 꽃을 피우고 나면 절로 열매를 맺으리라. 그렇게 매실을 품으리라. 그런 기대도 있었지만 굳이 매화나무를 심은 건 『청구영언』 때문이다.

매화 옛 등걸에 봄철이 돌아오니
옛 피던 가지에 피엄 즉도 하다마는
춘설이 하 분분하니 필동말동 하여라.

나는 진토(塵土)를 많이 떠돌았다. 눈물과 슬픔에 젖은 깃발을 들고 불(佛)처럼 마(魔)처럼 만 리를 떠돌았다. 소리 없고 몸짓도 없고 이름마저 없이 흰 구름에게 길을 물으며 말이다.

홀로 머무는 산에는 벚꽃이 춤추고 있지만 나는 여전히 혼자다. 고요한 산 속, 절 길을 오가며 벗으로 삼을 나무나 꽃이라면 매화나무가 제격이 아닐까 싶다.

이마에 난 땀을 닦는다. 봄바람이 더욱 정겹다. 무덤 같았던 지난 겨울 찬 서리 눈길 헤쳐 온 마음도 비로소 녹는 듯하다. 『청구영언』의 첫 구절을 읊조리며 매화나무들에게 말한다.

"이제 너희들과 나는 같은 하늘 아래 있는 거야. 같은 길에 서 있는 거라고. 내가 둥지를 만들어주었으니, 이제 너희들의 사랑을 보여줘."

잠시 떠돌다 돌아온 폐사 같은 암자에서 여전히 터전을 지켜온 나무와 새들이 다시 생기를 찾는 듯했다. 발길이 닿는 곳이면 어디든 부처님이 계신다는 것, 그들이 내 스승이다.

내가 나에게 말하고 다짐한다, 다시는 허신하지 않으리라, 이렇게 돌아오니 얼마나 좋은가, 밤이면 밤마다 부처를 안고 자고, 날마다 부처를 안은 채 일어나자, 내 이곳에서 구멍 없는 피리 불고 줄 없는 거문고 타리라, 일이삼사로 가고 사삼이일로 살자, 진흙소가 강을 건너듯,

하루 종일 봄을 찾아도 못 찾았네(盡日尋春不見春)

짚신이 다 닳도록 산천을 다 헤매었네(芒鞋遍踏隴頭雲)

집으로 돌아오니 매화 가지에서 꽃잎이 지는구나(歸來偶過梅花下)

봄은 이미 매화 가지에 매달려 있었던 것을(春在枝頭已十分).

꽃을 피워 암자를 꽃대궐로 만들려고 하다 보니 땀방울과 함께 날이 저문다. 저들을 버려두고 어찌 산 밖으로 나돌았던가 싶게 마음은 어느덧 반성으로 가득하다.

'구도와 득도, 돈오니 점수니, 일대(一帶)니 일로(一路)니 따지지 말고 마음의 뜰에 가득 꽃을 피우고 싶으면 지금 당장 뜰로 나가 꽃나무를 심을 일이야.'

내가 나에게 말하고 다짐한다. 다시는 하산하지 않으리라. 이렇게 돌아오니 얼마나 좋은가. 밤이면 밤마다 부처를 안고 자고, 날마다 부처를 안은 채 일어나자. 속세와 청산이 어찌 다르겠는가? 봄 햇살이 드는 곳에 꽃 안 피는 곳이 있겠는가? 내 이곳에서 구멍 없는 피리 불고 줄 없는 거문고 타리라. 일이삼사로 가고 사삼이일로 살자. 진흙소가 강을 건너듯.

꿈 속의 꿈, 노랑할배

가끔 나는 '내 청춘 돌리도' 하고 주절거리기도 하고, "할배야, 다리 아프겠다. 그렇게 사시장철 오래 앉아서 뭐하노?" 하며 당신을 원망하기도 한다. 패러독스, 독한 말이다. 이렇게 잠 못 드는 밤이면 눈이 침침해 책도 눈에 들지 않고, 음악을 들어도 귀가 먼 듯하다. 그러다보면 어둠의 행간 밖에 있는 말들을 끄집어내어 법당으로 올라가 '노랑할배'와 맞짱을 뜨기도 한다. 나를 깨우는 일이다.

비빔밥, 섞어찌개, 잡탕, 웃기는 짬뽕으로 엉망진창이 된 밤을 노젓다보면, 어둠속에서 피는 꽃을 본다. 노랑할배 주위에 피는 밤의 꽃들.

그 꽃들을 보며 노래를 부른다. '봄이 왔네, 봄이 와' 꽃들이 아장아장 걷다가 춤을 추다가 발광하는 별이 되어 하늘로 올라간다. 촛불이 내 가슴을 관통한다. 촛불은 나의 눈물이다. 노래는 나의 기침이다. 나의 재롱에 황홀해진 노랑할배는 여전히 웃고만 있다.

그 동안 나는 노랑할배 속으로 숨었었다. 당신의 이름 목메이게 부르던 비의(秘義)다. 내 생을 후려치고 피를 흘리게 하던 할배야, 할배야, 겨울할배야. 나의 시작은 당신이었고 나의 끝도 당신이 될 것이다.

돌아보니 나는 당신의 연인이 아니었다. 그저 떠도는 바람, 흐르는 물. 정처 없는 나그네였다. 그리고 다시 보니 나는 아무 것도 아니었어라. 당신의 눈은 갈수록 절절 끓는데 나는 왜 자꾸 신음소리만 나는가. 노랑할배, 당신도 벽이다. 언제 당신은 내게 문이, 깨달음이 되어주려나.

또 한 번 당신의 이름을 불러본다. 대답 없는 이름. 제기랄. 절을 하고 내 방에 겨우겨우 내려와 담배를 태워 문다. 노랑할배, 당신은 나의 환영(illusion). 당신은 나의 패러다임. 반짝반짝 밤하늘의 작은 별들이 '스님, 이제 그만 주무세요' 하며 다정히 웃는다. 꿈속의 꿈이다.

그 동안 나는 노랑할배 속으로 숨었었다, 당신의 이름 목메이게 부르던 비의(秘義)다, 내 생을 후려치고 피를 흘리게 하던 할배야, 할배야, 겨울할배야, 나의 시작은 당신이었고 나의 끝도 당신이 될 것이다,

혜범아, 불 들어간다

우리는 장작불 같은 거야
먼저 불이 붙은 토막은 불씨가 되고
빨리 붙은 장작은 밑불이 되고
늦게 붙은 놈은 마른 놈 곁에서
젖은 놈은 나중에 던져져
활활 타는 장작불 같은 거야
몸을 맞대어야 세게 타오르지
마른 놈은 단단한 놈을 도와야 해
단단한 놈일수록 늦게 붙으나
옮겨 붙기만 하면 불의 중심이 되어
탈 거야 그때는 젖은 놈도 타기 시작하지
우리는 장작불 같은 거야
몇 개 장작만으로는 불꽃을 만들지 못해

장작은 장작끼리 여러 몸을 맞대지 않으면

절대 불꽃을 피우지 못해

— 백무산, 「장작불」 중에서

눈 내리고 추운 밤이다. 나는 밤에만 불을 땐다. 내가 머무는 산사의 난방 방법이 아궁이에 불을 때는 것이다. 겨울이 오기 전부터 땔감을 준비하는 게 나의 큰일이다. 번거롭고 힘들지만 불을 땔 때마다 시인이 되곤 한다. 오늘 나를 그윽하게 해주는 시인은 백무산 시인이고 그의 시 「장작불」이 백미다.

"얘, 오줌 싼다."

그랬다. 어릴 적 불장난 할라치면 어른들이 그랬다. 실제로 소법으로 남겨놓은 황량한 논에 노적가리를 높게 쌓아놓은 곳에 본부를 만든다며 노적가리를 파헤치곤 했다. 거기서 불을 피우다 변을 당한 아이도 있었다. 나도 논두렁에 콩을 서리해 그 안에서 구워 먹다 큰일을 낼 뻔한 적도 있었다.

옛 생각에 젖어 불쏘시개를 넣고 불을 지핀다. 불 막대기, "덕절(흥국사) 중은 불을 때면서도 불 막대기로 시왕초(十王草)를 내고, 화계(화계사) 중은 불 때면서 초할향(初喝香)을 한다"는 말이 있다. 시왕초(十王草)란 탱화를 의미하고 초할향(初喝香)이란 염불을 의미하는데 홋소리, 독창 봉헌

일편향(奉獻一片香), “비록 한 조각 향이오나 정성으로 바치오니 향의 덕 두루함을 어찌 찬탄치 않으오리까?” 하는 염불 내용이다. 그러니까 ‘불막대기, 부지깽이로 그림 그리는 이는 스케치를 하고 염불 하는 이는 장단을 맞춘다’는 말이다.

이렇게 공양간의 아궁이에 앉게 되면 생각이 많아진다. 아궁이 앞에 앉아 매일 다비식을 치르는지도 모른다.

“혜범아, 불 들어간다.”

내가 오늘 잘 했나, 잘 못했나. 내가 나를 다비하는 것이다. 내가 나를 불에 태운다. 내가 숯이 되고 내가 탄(炭)이 되어 세상을 데우려는 것이다.

“숯이 영어로 charcoal이었던가. 숯검댕이, Soot 맞나?”

내 머리에 불났다, 화로로 뉘우쳐라, 화로로 깨쳐라, 지글지글 해골을 태워 진액을 흘린다, 그 누구도 구속할 수 없었던 자유로운 영혼, 모든 존재는 다 저마다의 불빛이 있다, 나름대로의 불의 세기와 불빛이 다를 뿐이다, 불은 각자의 운명적 사랑, 해탈 열반으로 가는 길이다,

재밌다. 이렇게 아궁이 앞에서의 사념(思念)은 끝이 없다. 어느덧 불쏘시개로 지핀, 피운 불은 성스럽게 타오르기 시작한다. 나는 쟁여 넣은 장작들을 바라본다. 장작나무들은 서서히 불이 된다. 그러면 나는 구워진다. 나의 시신들, 폐와 발톱은 불꽃(Ubulbul)이 되고 섬광이 된다.

내 머리에 불났다. 부지깽이에도 불이 붙는다. 이윽고 세계는 몸부림치며 불타오른다. 불이 형극을 노래한다. 화르르 뉘우쳐라. 화르르 깨쳐라. 지글지글 해골을 태워 진액을 흘린다.

그 누구도 구속할 수 없었던 자유로운 영혼. 모든 존재는 다 저마다의 불빛이 있다. 나름대로의 불의 세기와 불빛이 다를 뿐이다. 불은 각자의 운명적 사랑, 해탈 열반으로 가는 길이다.

불꽃 속에는 내가 있다. 천둥이 먹구름 속에서 우는 소리를 내듯 내가 타고 있다. 아무도 끌 수 없는 불. 이글이글 불꽃들이 춤을 춘다. 불은 혓바닥 같기도 하고 검(劍) 같기도 하다. 나를 핥는 생각들. 마음을 찌르는 검극(劍戟). 치솟아 오르는 불꽃들. 부딪치는 불꽃들. 뱀처럼 꿈틀거리는 불의 몸뚱이들. 그 개벽의 심검(心劍)에 물러나는 어둠들.

타는 나의 뼈와 살들. 소망에 염원에 열락에 피 묻은 불들. 타는 나의 별들. 동서남북 온 우주가 탄다. 알라스카, 아라비아, 아메리카, 아프리카도 탄다.

"허, 그놈들 참 열심히 타는구먼."

이렇게 밤마다 불을 놓는다. 불과 어우러진다. 불 속에서 어둠을 찾는다. 가까이 가면 달아나는 어둠, 다비의 불꽃이 언 바람 속에서 왜 꽃으로 피는지를 나는 안다. 꽃을 피우는 일은 새로움이다. 혹은 낯설음이다.

오늘도 나는 꿈을 헤치고 번뇌 망상을 거두어 넣는다. 마침내 다 닳은 부지깽이 토막을 아궁이 속의 불 속에 던져 넣을 때 세계일화(世界一花), 그 요익중생의 화장세계를 끌어낸다. 잿빛 문을 열고 나온 한 수행자의 하루를 마감하는 일. 깨달음을 향한 구세(求世)의 불꽃을 피우는 것이다. 새로운 또 하나의 부지깽이를 장만함으로써 나는 오늘밤 구원 받은 것이다. 밤새 따스한 화엄의 바다로 항해할 것이다. 그리고 새로운 아침의 바다에서 새로 뜨는 해를 맞이할 것이다.

놀아봐 꿈꿔봐

창을 내고쟈 창을 내고쟈 이 내 가슴에 창을 내고쟈

고모장지 셰살장지 들장지 암돌져귀 수돌져귀 ᄇᆡ옥걸새 크나큰 쟝도리로 ᄯᅩᆨ닥 바가 이 내 가슴에 창 내고쟈

잇다감 하 답답할 제면 여다져 볼가ᄒᆞ노라.

"창을 내고 싶구나, 창을 내고 싶구나. 이 내 가슴에 창을 내고 싶구나. 고모장지, 세살장지, 들장지, 암돌쩌귀, 수돌쩌귀, 배목걸새를 큰 장도리로 뚝딱 박아서 나의 가슴에 창을 내고 싶구나. (그리하여) 이따금씩 너무 답답할 때면 (그 창문을) 여닫아 볼까 하노라" 하는 작자 미상의 고전 시다.

나는 책을 많이 읽는다. 자기부정의 한 방법이다. 그렇게 시를 읽어가며 화두에 접근하는데 가슴에 와닿는 게 한두 가지가 아니다. 수행자라고 해서 다 열린 마음은 아니다. 어느 땐, 마음이 태평양 같은데, 어

느 땐 바늘 하나 꽂지도 못할 때가 있다.

그럴 때면 나는 걷는다. 오늘도 걷는다마는 정처 없는 이 발길……, 노래를 흥얼거리기도 하고 심오하게 화두에 몰입해 굳은 표정이 되기도 한다.

은산철벽을 뚫어내는 게 그리 쉬운가. 한 줄의 시, 한 소절의 노래가 불호령 한마디, 몽둥이 한 대 같은 촌철살인이 된다. 본래 마음자리와 마음자리에 깃든 삼라만상 켜켜이 깨달음을 발라내는 것. 지옥에서의 탈주 즉, 극락으로의 해방과 자유다.

달빛이 물속을 뚫어도 흔적조차 없듯 그런 생을 살고 싶어 했다.

마음의 배후를 캔다. 언어와 언어가 만들어낸 생각의 개념과 그 개념 뒤에 악착같이 달라붙는 편견들. 수행자는 그런 것들을 단칼에 베어낸다. 대다수의 사람들이 먹을 것, 돈 버는 것, 성공하는 것, 출세하는 것 이외의 의미에 대해서는 관심을 두지 않는 세상을 살고 있다. 먹고 자고 애써 일하고 평생 고생만 한다. 왜 그럴까? 그게 사는 거다. 나도 마찬가지다. 그런데, 나는 거기서 벗어나 놀아봐, 한다. 꿈꿔봐, 한다.

나의 즐김의 방법은 놓고 두고 비우기다. 내가 획득한 허무, 그 방법으로 걷는다. 그렇게 생명의 길로 걷다보면 쫓기던 마음이 느긋해진다. 상이 있고 구함이 있으면 미망이요, 형상이 없고 볼 수 없다면 고루한 데에 떨어진다.

먹고 자고 애써 일하고 평생 고생만 한다, 왜 그럴까? 그게 사는 거다, 나도 마찬가지다, 그런데, 나는 거기서 벗어나 놀아봐, 한다, 꿈꿔봐, 한다, 나의 즐김의 방법은 놓고 두고 비우기다, 내가 획득한 허무, 그 방법으로 걷는다, 그렇게 생명의 길로 걷다보면 쫓기던 마음이 느긋해진다,

나에게 있어 구도(求道)는 쾌락이라 말할 수는 없지만 놀이노동이다. 노동도 되고 놀이도 된다. 살아내려고 이 구석 저 구석 얼마나 싸돌아다녔던가. 이제 뼛조각이 서걱거리는 나이다.

부처는 상(相)이 없기에 욕심을 내서 구한다고 구해지는 것이 아니다. 그렇다고 상이 없다고 하는 것도 잘못이며 볼 수 없다고 하는 것도 편협한 생각이다. 부처는 당당히 존재하면서도 비밀스럽게 깨달은 자에게만 보이므로 보이면서 보이지 않고, 상과 비상(非相) 사이에는 어떤 간격도 없다.

태초의 큰 허공은 하나일 뿐이다. 빛과 허공을 구별하는 자, 정신 차려라. 잘못되었도다. 진흙으로 빚은 불상은 물을 건너지 못하고 나무로 새긴 불상과 비단으로 만든 탱화는 불을 건너지 못한다. 만일 이것을 여래의 모습이라 한다면 나무 관세음이 웃으리라.

나를 찾아가는 여행

나는 무슨 문제에 봉착하면 신중하기는 하나 심각해 하지 않는다. 피할 수 없으면 즐겨야지 어떻게 하겠는가. 무엇보다도 먼저 주제를 파악하려고 애쓴다. 그리고 문제와 당당히 맞선다. 그리고 비슷한 주제의 사례들을 검색해본다. 그러다보면 문제를 해결해 나갈 아이디어가 떠오른다. 거개가 나를 뒤집는 역발상에서다. 내가 나를 웃기는 일이다. 내가 나를 웃기는 일, 이거 쉽지 않다. 다행히도 나의 모토는 '재미있게 살자'이다.

흥미로운 소재를 찾아내는 것이다. 사례는 많다. 소재와 소재를 합치는 것이다. 생각은 아이디어를 만들어 낸다. 자명종과 시계. 연필과 지우개, 걸레와 막대기. 나와 너. 그렇게 먼저 사례를 찾아 소재의 작은 이야기를 합치면 가닥이 나온다. 소재의 모양, 소리, 의미. 항상 문제 속에 답이 있다. 생각은 곧 상상의 나래를 편다. 여러 갈래의 상상. 상상만큼 재미있는 놀이는 없다. 하늘을 날 수도 있고 물속을 헤엄칠 수도 봄을 여는 새소리 듣고 봄바람을 느껴라. 내게 문제는 무엇인가. 내가 간절히 바라는 것은 무엇인가. 집요하게 끝까지 물고 늘어져보라. 세상에서 가장 아름다운 길은 누군가를 마중하는 길이다. 내가 나를 만나러 마중을 떠나보시라.

있다. 하늘의 태양도 될 수 있고 땅 위의 꽃도 될 수 있다.

생각은 곧 그림이 그려진다. 상상력을 중요시 하는 스님은 몇 안 될 것이다. 다 번뇌요 망상이니, 망집을 끊으라는 스님들은 많을 것이다. 그러나 나는 그렇지 않다. 많은 번뇌와 망상, 그 고뇌를 바로 '보리'라 한다. 자신감이란 누가 인정해줘서 생기는 게 아니다. 나무에 물을 주듯 스스로 격려하고 칭찬해서 생기는 거다. 자신감이 있어야 성공할 수 있다.

나의 목표를 상상해야 한다. 축구선수라면 골대에 골을 넣는 것, 가난한 이는 부자가 되는 것. 실패한 이는 성공을 꿈꾸는 것이다. 상상으로 주문을 거는 것이다. 나는 잘 한다, 나는 성공한다, 나는 이룬다. 목표를 상정하는 것은 마음가짐, 마음다짐을 하는 것이다. 물론 드러내서는 안 된다. 그러면 미친놈 소리 듣는다. 칭찬 받고, 감사의 말을 듣고, 보상받는다고 상상해보라. 즐겁다. 재밌다.

무애, 천진난만해야 한다. 맑고 밝아야 한다. 상황을 진실로 전개하면 정의로워진다. 날마다 모든 면에서 점점 더 좋아질 것이다. 이루고자 하는 걸 깊이 되새김 하는 건 잠재의식에 긍정적인 자극을 주는 것이다. 피그말리온 효과, 로젠탈 효과, 플라시보 효과는 내가 만들어 내는 것이다.

이사무애(理事無碍), 사사무애(事事無碍), 모든 우주는 일심에 통괄되고 있으며 현상과 본체의 양면으로 보면 하나가 된다. 어린아이가 되어 걸림과 막힘을 부수어 내는 것이다. 규칙, 관습. 그물에 걸리거나 장애를 넘지 못하면 다시 쓰러지고 넘어진다. 피안은 바로 여기다.

우유 용기에는 왜 반드시 우유라는 글씨가 가장 크게 쓰여 있을까. 붕어빵에는 붕어가 없다. 정보를 찾는 것이다. 어린아이의 눈으로 낡은 요소들을 새롭게 조합하는 것이다. 패러다임을 바꾸는 것이다. 의식과 잠재의식을 깨우는 것이다. 낡은 틀을 깨는 것이다.

우리에게는 막강한 힘이 내재되어 있다. 한 가지 생각은 오만 가지 생각이 되고, 지배되었던 잠재의식에서 벗어나 유일한 데이터를 무한한 빅데이터로 만들고 씨 뿌렸던 걸 싹 틔워 가꿔서 수확할 수 있다. 경험 학습에 의해 통제가 가능하고 대체의 법칙이 세워지는 것이다.

만남과 나눔은 깨닫기 위함이다. 세상과 나, 사건사고, 사물과의 만남은 새로운 눈을 가질 수 있는 것이다. 무엇을 볼 것인가. 무슨 소리를 들을 것인가. 느끼는 것이다. 의식 수준의 향상을 도모하는 것이다. 무엇을 할 것인가. 사랑 기쁨 평화 깨달음으로 가는 길이다.

배짱으로 밀고 나가야 한다. 우윳병의 우유가 쏟아졌다고 언제까지 논리에 울고 있을 것인가. 비난하고 욕하는 걸 두려워해서는 안 된다. 이쯤에 와서는 생각하는 방식을 다시 한 번 바꾸는 것이다. 고정관념, 편견의 수직과 수평을 깨는 역발상이다.

개념이 이미지로 떠오르면 시각을 청각으로, 청각을 공감각으로, 공감각을 또 해체해보라. 또 다시 세워 독립된 구조물로 만드는 것이다. 그렇게 하나하나 여러 개의 풍경을 만드는 것이다. 우리가 사는 일이다.

내가 판 함정, 분노 욕망 어리석음에 빠져서는 안 된다. 경계, 경계에 갇혀서는 안 된다. 우리 모두에게는 초능력이 있다. 간절히 원하면 이루어진다. 내가 나를 결합하는 것이다.

나는 할 수 있다는 긍정의 사고 감각과 지각의 문을 열라. 희망만 품어도 뇌에서는 벌써 행복 물질인 세로토닌이란 것이 분비된단다. 봄을 여는 새소리 듣고 봄바람을 느껴라.

내게 문제는 무엇인가. 내가 간절히 바라는 것은 무엇인가. 집요하게 끝까지 물고 늘어져보라. 세상에서 가장 아름다운 길은 누군가를 마중하는 길이다. 내가 나를 만나러 자꾸 떠나본다.

운수납자, 나는 땡초다

비구(比丘)를 우리는 떠가는 구름이나 흐르는 물같이 정처 없다 하여 운수납자(雲水衲子)라 한다. 여러 곳으로 깨달음을 찾아 삼라만상 두두물물 스승에게 도(道)를 묻기 위하여 떠돌아다니는 중(僧), 승려를 비유적으로 이르는 말이다. 물같이 바람같이 걸림도 막힘도 없이 흐른다 하여 이를 운수(雲水)라 한다.

비구를 걸사(乞士), 포마(怖魔), 파악(破惡), 제근(除饉), 근사남(勤事男)이라고 부르기도 한다. 비구의 종류에 대하여 사분율에는 다음의 구(九)종 비구가 보인다. 명자(名字)비구, 상사(相似)비구, 자칭(自稱)비구, 선래(善來)비구, 걸구(乞求)비구, 착할절의(着割截衣)비구, 파결사(破結使)비구인데, 이 파결사비구 즉 파번뇌비구가 참비구다. 나는 명자비구(名字比丘)다. 이름만의 승려라는 뜻이다. 비승비속(非僧非俗)의 운수, 나는 땡초다.

사람 못된 게 스님 되고 스님 못된 게 수좌가 된다고 했다. 수좌 못된 게 글 쓴다고, 나는 글쟁이 스님이다. 스님들에겐 인간미가 적다. 어떤 표현에 보면 밀랍인형 같다는 구절도 보인다. 그건 자기관리가 철저하기 때문이다. 그렇지 않으면 나락으로 떨어지니까. 승(僧)이냐 속(俗)이냐는 성(聖)이냐 속(俗)이냐는 말이다. 그런데 내 입장에서 보면 승(僧)은 속박이고 속(俗)은 속 보여서 천박하다. 나는 가끔 그 둘이 아닌 것의 무소속적 공간에 있다.

산에 있으면 물론 승이다. 그러나 산을 내려오면 승도 아니고 속도 못된다. 산 속에서는 그래도 절밥, 밥값이나 하기 위해 예불하고 참선하며 물 긷고 나무하고 채마밭을 가꾸면서 산다. 그러나 산에서 내려오면 어중간해진다. 모든 면에서 어정쩡하다. 영락없이 땡초가 되는 것이다.

산에 있으면 불자들을 만나지 않을 수 없다. 그런데 내가 하는 불교와, 불자들의 불교가 다를 때가 있다. 불자들이 잘 살고 싶다고 행복하고 싶다고 미주알고주알 청탁을 넣는 것이다. 내가 무당 박수도 아닌데. 나는 그저 성불을 갈망하는 운수납자일 뿐인데. 방편이라면 방편인데, 나는 이걸 잘 못한다. 이걸 잘해야 절간이 문전성시를 이룰 텐데.

하긴 그렇다. 모든 중생이 고통받고 있는데 부처님인들 맘 편하겠는가. 내가 운수납자라고 냄새나고 더러운 속(俗), 저잣거리를 외면한다면 중이 아닌 것이다.

마음은 언제나 중생 속으로, 그랬다. 내가 글을 택한 건, 내가 밥을 물처럼 부드럽고 다투지 않고 낮은 곳으로 임하니 얼마나 좋은가, 꼭 운수(雲水)가 아니라도 우리는 나그네다, 비록 땡초지만 나는 오늘도 흐르는 물처럼 조화롭게, 협동, 헌신, 봉사하는 삶을 꿈꾼다,

빌어먹어보고자 했다. 그러나 내가 밥을 빌어먹었던가. 다행히 빌어먹었다. 적어도 중생들이 땀 흘려 바친 시주에 의하지만은 않았다. 다행이다. 중생들의 기생충이 되고 싶지 않은 것처럼, 같이 고통스러워 할 수 있어서. 그러나 나는 흰 얼굴과 가느다란 뼈. 아직도 성불을 꿈꾼다. 삶은 어디에 있든 자재(自在)해야 한다.

헛된 욕망이라고? 그래서 가족 친지의 명과 복을 빌어달라면 빌어준다. 죽은 이의 천도를 해달라면 천도를 해준다. 내가 천도해서 천도 될 수 있다면 얼마나 좋은가. 비록 법력은 없지만, 가난하고 굶주리고 울고 있는 이들에게 희망이지 않은가. 그 희망, 바람마저 밟아버리라고? 그런 나를 목탁노동자라 비하해도 좋다.

똥중이라, 하여 나도 더럽다. 똥중이다. 말로만 중생 속으로가 아니라 나도 똥바다에 중생들과 함께 있으니까. 그저 땡초에서 똥중으로 승격했다. 흙수저로 배고픈 이들은 행복하다 하는데, 갑질하며 금수저

를 놀리는 것들, 배부른 이들이 불행하다는 세상이다. 어이없다. 그렇다. 나는 중도 아니고 속인도 아니다. 그러니 절밥만 축내는 밥버러지 중놈이다. 어서, 빨리 스님이 되고 싶다.

은사 스님은 중노릇을 설명해주셨는데, 초발심자경문을 가르쳐 주시면서 노자의 상선약수(上善若水) 구절을 일러주셨다.

"최고의 선은 물과 같다(上善若水). 물은 선하여 만물을 이롭게 하지만 다투지 않는다(水善利萬物而不爭). 사람들이 싫어하는 낮은 곳으로 자리를 잡는다(處衆人之所惡). 그러므로 물은 도(道)에 가장 가까운 존재다(故幾於道)."

선(禪)은 물과 같다는 말로, 물이 갖추고 있는 덕이 그대로 무위자연을 나타낸다는 것이다. 즉, 물은 모든 생성의 근원으로 만물을 이롭게 하고, 더러운 것을 씻어주며, 사람들이 모두 싫어하는 가장 낮은 곳에 처하는 겸손한 덕을 가졌다는 것이다. 그러므로 만일 사람이 물과 같은 덕을 지닌다면 남의 기쁨을 같이 기뻐하게 되고, 남의 슬픔도 같이 슬퍼하게 되는 따뜻한 인간, 자비(慈悲)를 베풀 수 있는 수행자가 될 수 있다는 거다.

공자 역시 물을 가벼이 보지 않았다. 공자는 흐르는 물을 볼 때마다 '물이여, 물이여(水哉水哉)' 하며 감탄했다고 한다. 제자 자공이 그 이유를 물었다. 공자는 "사사로움이 없이 두루 베풀고(德), 흐르는 곳마다 생명을 주며(仁), 낭떠러지도 주저 없이 떨어지기(勇) 때문"이라고 했다.

또 순자는 「왕제(王制)」에서 "군주는 배요, 백성은 물이다. 물은 배를 띄울 수 있지만 배를 뒤집을 수도 있다(君舟也 人水也 君舟人水 水則載舟 水則覆舟)"라고 했다. 그렇다. 물은 불이 될 수도 있다.

물처럼 부드럽고 다투지 않고 낮은 곳으로 임하니 얼마나 좋은가. 꼭 운수(雲水)가 아니라도 우리는 나그네다. 나는 오늘도 흐르는 물처럼 조화롭게, 협동, 헌신, 봉사하는 삶을 꿈꾼다.

바람과 풍경의 합작품

다른 이들은 절, 산사, 사원하면 무엇을 제일 먼저 떠올리는지 모르지만 내 경우는 먼저 풍경을 꼽는다. 스님이 왜 부처님을 먼저 꼽지 않느냐고 묻는다면 할 말이 없다. 부처님이나 경전(經典)을 먼저 꼽지 않는 건 아마 제대로 된 중노릇을 못하기 때문이리라.

초저녁잠이 많은 편이다. 저녁 공양을 하고 밤 아홉시쯤 되면 암자는 완전히 암흑천지가 된다. 방바닥이 꺼져라 하고 등을 붙인다. 자다가 깨지 말아야지 하고 소원하듯이 눈을 감는다. 옛날에는 그렇게 누우면 쉽게 잠들고 깨면 새벽이었는데, 요즘은 그렇지 못하다. 자다가 중간에 꼭 깨는 것이다. 한 시에 깰 때도 있고 두 시에 깰 때도 있다. 다시 잠을 청해본들 소용이 없다. 누군가 나를 잠으로부터 불러낸 것이리라.

겨울밤은 적막하고 길다. 흐트러진 천자문처럼 헝클어진 어둠이 방에 가득하다. 풍경 소리가 들린다. 일어나 앉는다. 어쩌면 나를 깨운 건 풍경 소리일지도 모른다. 아니다. 바람이 풍경에게 그리하라고 일렀

는지도 모른다. 바람이 풍경이고 풍경이 바람인 그들의 합작품이 새벽마다 나를 그렇게 흔들곤 한다.

그렇게 잠에서 깨어 연록의 차와 마주한다. 맑은 빛깔과 은은한 향. 잠을 깨운 풍경의 야속함도 속절없이 녹는 순간이다. 그리고 내가 다시 온전한 나와 마주한다. 그럴 때마다 옛날 어른 스님들이 "산 속에 살면 산이 보이지 않을 때가 있어. 그럴 때 경계해야 해"라던 말을 떠올린다. 무감각하고 무목한 것에 대한 경책이다.

절집은 사방이 온통 은유다. 상징되어 있는 것들. 나는 그런 것들에 이미 익숙해 있기 때문에 낯설지 않다. 그 말은 엄숙하거나 경건함이 사라졌다는 얘기다. 가치를 두지 않고 형식을 깨 나가는 게 사는 건 아니다. 무형식을 자유로움이라 주장하는 건 막무가내다. 또 무감동이다.

어느 날이었던가. 티브이를 보다가 깜짝 놀랐다. 개그맨들이 열심

"너무 조이거나 늦추지 말라." 참 어려운 말이다. 무엇에 웃고 있는가, 무엇에 기뻐하는가. 바람에 풍경이 운다. 그러고 보면 무엇 하나 부처님 가르침 아닌 것이 없다. 바람이, 풍경이, 찻잔이, 그리고 내가 함께 웃고 울고 기뻐하며 웅성거리는 새벽을 맞이하고 있다.

히 온 몸으로 시청자들을 웃기는데 그냥 멍하니 화면만 바라보는 나를 발견한 것이다. 그들의 유머와 위트, 아이러니와 패러독스로부터 동떨어져 있었던 것이다. 아, 세상사람들과 나와 다른 면이 있구나, 나는 내가 무서워졌다.

식은 찻잔을 비우고 다시 차를 찻잔에 채운다.

"너무 조이거나 늦추지 말라."

참 어려운 일이다. 무엇에 웃고, 무엇에 기뻐할까. 바람에 풍경이 운다. 그러고 보면 무엇 하나 부처님 가르침 아닌 것이 없는데. 바람이, 풍경이, 찻잔이, 그리고 내가 함께 웃고 울고 기뻐하며 웅성거리는 새벽을 맞이하고 있다.

빈 배에
달빛만 싣고

첫새벽의 어느 노인

원주의 봉화산 화봉암이란 작은 암자에 머문 적이 있다. 예불을 하고 법당에서 나오는데, 노인 한 분이 앞에 서 있다.

"아니, 그때 그 어르신?"

갑작스럽지만 반갑게 맞으려니 노인이 먼저 합장을 한다. 나도 합장을 했다.

"추운데 어서 들어가시죠, 제 방으로. 그런데 이 새벽에 어찌……."

"마음이 일어나 왔습니다."

나이가 많고 적음을 넘어, 지위가 높고 낮음을 넘어, 첫새벽에 찬 바람과 안개를 뚫고 산을 올라온 사람이 얼마나 반가운지 몰랐다. 두 번째 본 노인의 눈빛은 당당했고 탄력 있었다.

"그렇죠, 삼계가 다 마음이죠?"

"네, 좁쌀 한 알입니다."

노인의 답에 나는 어둑새벽인데도 소리 내어 웃었다. 손에 작은 그때 노인은 손곡의 스승이 거주했을 것이라 추정하는 암자 터가 있다는 걸 말해주었다. 하여, 떠돌다 떠돌던 내가 손곡리의 송정이라는 곳, 폐사 터에 텐트를 치고 머물게 된 것이다. 그렇다. 산다는 건 사람을 만나고 헤어지며 추억과 안타까움으로 완성해 가는 것이다.

막걸리 한 통이 들려 있다. 한 번 더 웃음이 나왔다. 아무리 어둑새벽이라 해도 각 한 통씩 두 통이면 딱 좋은데, 좁쌀처럼 딸랑 한 통이다.

"어떤 마음이?"

"스님이 지난 번에 마음 밖에도 마음이 있다는 말씀 때문에."

"흐미."

"마음이 부처다. 마음 밖에는 아무 것도 없다, 다들 그러는데 왜 스님만 마음 밖의 마음도 마음이다. 마음 밖에 부처가 있는 걸 보아야 제대로 보았다 할 것이라 했을꼬, 했죠."

"아, 심즉시불 심외무불(心卽是佛 心外無佛)요?"

"예. 스님께서 인즉시불(人卽是佛)이면 자초지종(自初至終)이라. 땡, 끝이다. 하셨잖아요."

나는 대답 없이 미소를 돌리며 노인에게 잔을 따랐다.

지난 번 노인과의 첫 만남이 문득 떠오른다. 노인은 휴일 새벽이면 이 산 저 산을 오르는데, 하루는 봉화산을 오르다 목탁소리에 끌려 내가 머무는 절까지 왔다는 거다. 그리고 예불을 마치고 법당 계단에 앉아 있는 내게 물었었다.

"세상은 지금 불타는 집입니다. 그런데 부처님은 어디 계신지요?"

"중생들의 마음 밖에 있습니다. 다 불꽃으로 태워 새로 지어야 합니다."

"화택을 말씀하시는 거죠? 화택에서 노는 아이들. 그건 스님 뜻이에요, 부처님 뜻이에요?"

"제 뜻입니다."

"…… 부처님 뜻은 어디 있는지요?"

"중생들에게 있습니다."

툭툭 선문을 던지는 노인이 나를 시험하듯 해서 내가 못마땅하다는 양 툭 던진 말이었다. 나의 대답에 "네?" 하고 노인은 나의 눈을 다시 쏘아봤고, 이어서 "중생들의 타는 몸냄새가 역겨워 외면하고 앉아계십니다. 돌아앉아도 냄새가 고약하다고 지청구를 하셔서 제가 지금 염불로 달래드리고 내려와 이렇게 담배를 피우는 거 아닙니까요."

크크크. 독설이었다. 나는 좀 더 너스레를 떨었다.

"부처님 달래느라 쌔가 빠졌습니다. 다음에 오실 땐 목 좀 축이게 막걸리나 한 통 사가지고 오소."

나는 노인네, 노인네, 하며 어찌하실 건지요, 하는 눈으로 노인을 건너봤다. 나이가 새파란 중놈이 부처가 마음 밖에 있다는 둥, 나이 든 어르신한테 노인네, 노인네 해가며 동티(귀신의 장난)나게 굴고, 다음에 산을 오를 땐 반드시 막걸리 사오라니 어이가 없는 모양이었다.

그런 연유가 있었기에 손에 막걸리 한 통을 들고 나타난 것이다. 대화는 이어졌다.

"내 여기를 떠날라카는데, 소승이 어디로 가면 좋을지 아는교?"

"왜 떠나려 하시는데?"

노인이 되묻는다.

"운수는 바람이 불면 떠나야 합니다. 머물고 싶어 떠나려 하는 거죠."

노인은 내 대답을 듣고 한참 생각하다 입을 열었다.

"……. 손곡 가보소. 스님하고 어울릴 것 같습니다."

그쯤 나는 장편소설 『반야심경』을 출간했는데 너무 알려져 숨을 곳을 찾던 중이었다. 화봉암은 등산로에 있고 원주 시내와 너무 가까워 사람들 발길이 너무 잦았기 때문만은 아니었다.

"손곡, 이달요?"

"스님이 이달을 아시요?"

어쭈구리, 노인네! 완전히 나를 어린애 취급하네, 해서 나는 입맛을 다시며

절집이 흰 구름에 묻혀 있기에(寺在白雲中)
흰 구름을 스님은 쓰지 않네.(白雲僧不掃)
손님이 와서야 문을 열어보니(客來門始開)
온 산골짜기에 송화가 쇠었네.(萬壑松花老)

손곡의 시를 읊조렸다. 순간 노인네가 한동안 빤히 내 눈을 건네다 봤다. 그때 노인은 내게 근거는 없지만, 그 손곡의 스승이 거주했을 것이라 추정하는 암자 터가 있다는 걸 말해주었다. 하여, 떠돌다 떠돌던 내가 손곡리의 송정이라는 곳, 절은 6·25때 소실되고 절터만 남아 있는 절골 골짜기 폐사 터에 텐트를 치고 완전히 머물게 된 것이다. 그렇다. 산다는 건 사람을 만나고 헤어지며 추억과 안타까움으로 완성해 가는 것이다.

그때 만난 그 노인네가 누구냐고? 그토록 내가 존경하던 장일순 선생님이시다.

보리수를 닮은 석 스님

보리수 열매는 독특하다. 잎사귀 가운데를 툭 삐져나와 맺는다. 그런 수종(樹種)이 있다. 그 이파리 위로 단풍 맞은 바람이 널뛰듯 뛰어오르고, 일격을 당한 이파리가 낙엽으로 후드득 떨어질 때면 언제나 가을이 성큼 다가오곤 했다. 그러나 올 가을을 당긴 보리자(보리수 열매) 알갱이는 예년의 그 알갱이가 아니었다.

언제였던가, 내가 맨 처음 보리수 이파리를 보았을 때의 떨림, 그것은 충격이었다. 불수(佛樹). 그 이파리가 전하는 묘법의 진리, 생명의 법음 때문이었다. 높푸른 하늘, 그 보리수 아래 울려 퍼지던 종소리는 지금도 내 가슴에 생생하다. 그 옛날 많은 이들이 시주금을 정성스레 모아 종을 만들었다. 몇 백 년이 지난 오늘도 마음속까지 시원해지는 그 종소리를 보리수 이파리에서 들을 수 있었던 것이다. 처처(處處)암초요 시시(時時)깜깜이라 해매고 꿈틀거리며 사는 내가 그런 보리수의 소리를 듣고 볼 수 있었던 것은 부처님의 은덕이었다.

석 스님을 만났을 때 나는 요사채 앞에서 합장한 채 장승처럼 우두커니 서서 움직이지 못했다. 스님은 속가에서 버림받은 반신불수의 어린아이들을 거두어 함께 사는데, 마침 뇌성마비가 스치고 간 일곱 살 난 아이에게 우윳병을 물리고 있었다. 아이는 자기가 송아지가 아니라는 듯 우윳병 꼭지를 빠는 일보다 비구니 스님의 젖가슴 주무르기에 더 열중해 있었다. 나이는 일곱 살이지만 정신연령은 돌 지난 아이도 안 되는 듯했다. 나는 나도 모르게 관세음보살의 명호를 찾았다. 아이에겐 호적은 고사하고 주민등록번호도 의료보험카드가 없어, 이번에 신청한다고 했다.

"세상에!"

얼굴이 홍당무가 된 스님은 연신 가슴으로 올라오는 아이의 손을 떼어내며 아이에게 우윳병을 물려주고 있었다. 내리사랑에는 이유가 없다. 스님에게는 아이가 하늘처럼 더할 나위가 없는 모양이다. 아이가

석 스님의 얼굴에서 보리수나무가 보였다. 마치 마음의 꽃을 피우는 보리수나무를 보는 듯했다. 보리수나무 평화의 꽃가지, 기쁨의 꽃향기, 보리수 알갱이, 그 깨달음의 실천을 보고 있었다.

무조건 천사로 보이는지 아이의 머리를 연신 쓰다듬는데 나는 가만히 미소만 짓고 있었다. 순간 아이의 정수리에서 햇살이 앉아 반짝이는 게 보였다.

"극락 갔을 거예요."

내가 석 스님을 찾은 이유는 스님과 함께 살던 아이, 보리가 죽었다는 소식을 듣고 찾아보지 못한 미안함 때문이었다. 내게 사십구제 집전을 부탁했는데 공교롭게도 그날, 다른 법회가 있어서 참석하지 못했던 거다.

"다시 올 땐 몸 성히 와야 할 텐데."

석 스님은 말씀을 마치고 나직이 한숨지었다. 석 스님의 사랑과 헌신의 마음을 누가 모르랴. 나는 어금니를 꼭 깨물었다. 석 스님의 얼굴에서 보리수나무가 보였다. 마치 마음의 꽃을 피우는 보리수나무를 보는 듯했다. 보리수나무 평화의 꽃가지, 기쁨의 꽃향기, 보리수 알갱이. 그 깨달음의 실천을 보고 있었다.

봄날, 바보 장 씨의 죽음

아랫마을에 살던 장 씨는 바보였다. 바보 장 씨는 내 친구였다. 장 씨를 만난 건 내가 지금 머물고 있는 절로 들어오던 날이었다. 버스에서 내려 마을로 막 들어섰을 때 누군가 두 팔로 나의 앞길을 막았다. 한눈에 봐도 알아챌 수 있었다. 어느 마을에나 꼭 그런 사람이 한 사람씩 있었다.

"스님아, 나랑 친구하자."

"……."

뜬금없는 장 씨의 말에 나는 그저 미소로 답했다. 나이도 나랑 비슷해 보였다. 다리를 절고 있었고 뒤틀린 손으로 길을 막더니 온전한 다른 손을 쑥 내미는 거였다. 콧물과 침을 질질 흘리며 처음엔 손바닥을 세우더니 나중엔 손바닥을 펴보였다. 친구를 하려면 악수를 하고 친구를 하지 않겠다면 반드시 통행세를 내라는 거다. 나는 그런 장 씨의 손을 잡아주었다. 알고 보니 나랑 갑장이었다. 마침 걸망에 사탕이

"나, 난 스님이 좋아." 더듬거리며 너스레를 떨던 장 씨. 그런 그가 졸지간에 세상을 떠나버린 것이었다. 그가 떠나면서 나를 그렇게 찾았다 한다. 길에서 주운 담배 반 갑이 있는데, 스님이 피우는 담배와 똑같다며 그걸 꼭 내게 전해주겠다고 했단다.

한 봉지 있어 꺼내 주었다. 그러자 환한 얼굴로 내게 엄지손가락을 세워보였다.

사람들은 장 씨가 어디서 흘러들어왔는지 모른다. 약간 모자라긴 했어도 심성이 고운지라 마을 사람들은 장 씨를 불러 일을 시키곤 했다. 그의 불편한 신체조건 때문에 일이 느리고 서툰 탓에 품값의 삼 할만 주고 일을 시켰다. 식사할 때 밥과 국물을 흘려서 밥 먹을 때 밖에서 따로 먹게 하는 것 외에는 그리 나무랄 데가 없었다. 나도 몇 번 장 씨를 불러 함께 일을 했다. 절간의 이런저런 허드렛일을 시켰고, 품값을 다 주었다.

이상한 것은 그가 나와 궁합이 딱 맞았다. 그와 일을 할 때면 왠지 마음이 편했다. 세월아 네월아 오지도 가지도 말아라 하며 우리는 느긋했고, 모든 게 다 수월했다. 장 씨는 배운 것이 없었지만 일을 할 때면 밭뙈기 한 뼘 고르는 일에도 태양을 따라 도는 지팡이 같았다. 나 또한 태평농법, '풀 반 곡식 반' 하는 자연농법주의자이기에 장 씨의 몸이 움직이는 순리에 넋을 놓곤 했다.

느리고 또 엉성하고 말귀를 잘 알아먹지 못해 답답하기는 했지만, 맡은 일만큼은 밤을 새워서라도 다하는 그런 위인이었다. 누가 그런 장 씨를 모자란 사람이라고 여기고 있는지조차 의심스러울 정도였다.

나는 장 씨가 다른 집 마당에 쪼그리고 앉아 밥을 먹는 걸 이미 보았기에 점심때가 되어 장 씨에게 앞치마를 해주고, 또 나와 밥을 먹을 때면 흘려도 걱정 없도록 식탁에 쟁반을 놓아 마주보며 밥을 먹을 수 있게 했다.

그렇게 시간이 좀 지나서 마을에 내려갔더니 마을 사람들이 나를 보고 웃었다. 할 말이 많은 듯했다.

"왜 웃으세요?"

"스님이랑 겸상했다면서요?"

"…… 뭐가요?"

"장 씨가 얼마나 마을에 자랑하고 다니는지 몰라요."

아이들이 놀리거나 사람들이 막 대하려고 하면 "이, 이래봬도 나, 나, 절에 스님 친구다. 나 놀리면 니들 지옥 가. 죽어서 극락 가야지. 착한 짓 해. 우리 스님이 착한 일 많이 하믄 극락 간댔어" 한다는 거였다. 문득 장 씨 모습이 떠올랐다.

"나, 난 스님이 좋아."

더듬거리며 너스레를 떨던 장 씨. 그런 그가 졸지간에 세상을 떠나버린 것이었다. 공교롭게도 내가 아파서 병원에 입원해 있는 동안 장 씨의 마지막 가는 길을 못 보았지만 그가 떠나면서 나를 그렇게 찾았다 한다. 길에서 주운 담배 반 갑이 있는데, 스님이 피우는 담배와 똑같다며 그걸 꼭 내게 전해주겠다고 했단다.

퇴원해서 제일 먼저 장 씨의 무덤을 찾았다. 물론 장 씨가 내게 남긴 유품, 주운 담뱃갑은 이장님께 전해 받았다.

문득 나는 알렉산드르 블로크의 시를 떠올렸다.

대지 위의 모든 것은 죽어 가리라.

— 어머니도, 젊음도, 아내는 변하고, 친구는 떠나가리라.

장 씨의 봉분 위로 흰 구름이 둥실 떠 있었다. 앞니 빠진 얼굴로 봄날 길을 막던 장 씨의 웃는 얼굴처럼.

어느 무기수

살인자를 만난 적이 있다. 사형을 언도 받고 기약 없이 수감생활을 하고 있는 사람이었다. 한 보살의 지인의 부탁이었다. 처음엔 그 부탁을 거절했었지만, 만남은 운명 같았다. 나를 찾아온 보살의 지인은 절박한 듯 보였다.

"스님, 아들이 교도소에 있는데 특별면회를 스님과 함께 가고 싶어요."

"……."

살인범의 여인이 결혼을 하는데 마지막 면회가 될 것 같아 스님과 함께 가고 싶어서란다. 사건은 이미 10년 전 일이란다. 그렇다면 그 여인이 10년간 사내의 옥바라지를 했다는 얘기다. 예사롭지 않은 일이다 싶어 마음이 움직였고, 그 여인과 함께 교도소로 가서 그 사형수를 만났다. 대뜸 물었다.

"몇이나 죽였소?"

"사채업자 한 사람이요. 한 사람은 상해하고."

"왜 죽였소?"

"법으로 해결할 수 없어서요."

"나도 사람 너도 사람, 우리는 똑같은 사람인데…… 사형(私刑)이라, 사람이 사람에게 형벌을 줄 수 없잖소?"

"예……. 저도 압니다. 그러나 이미 저질렀습니다."

"참회하는 길밖에 없군요. 있는 그대로의 나, 지금 그대로도 님도 소중합니다."

"네, 참회하고 있습니다. 스님……. 좋은 말씀 좀 해주세요."

옆에서 대화를 녹음하고 기록하는 교도관도 눈이 마주치자 볼펜을 손에 든 채 의아해하는 눈빛이다. 나는 속으로 '사람을 잔인하게 죽여 놓고 무슨 좋은 말이람' 하고 망설였다. 하지만 그래도 사형수의 마음을 평안케 해주는 것이 업이라는 생각이었다. "고통의 바다가 아무리 깊어도 허우적거리지 말고 이제라도 부처님 법대로 사세요"라고 말하며 몇 가지

교도소 안에서 부처님과 함께하며 아내였던 여인의 행복을 비는 마음이 가슴을 저미는 듯했다, 비록 적은 돈이지만 일을 해서 번 돈을 아내였던 여인의 결혼 축의금으로 내어놓는 그 마음에 나는 울컥했다, 이제라도 그 사형수의 마음에 평화와 고요함이 깃들기를,

를 더 늘어놓았다. 함께 온 그 여인 때문이었다. 골자는 이랬다.

아내를 예의 있게 대할 것. 위엄을 갖추고 그걸 잃어버리지 말 것. 아내에게 음식과 의복을 적당할 때 제공할 것. 아내를 장엄하게 꾸며줄 것. 집안 일에 대한 권한을 아내에게 위임할 것.

『장아함경』에 나오는 남편의 도리 다섯 가지를 얘기해주고 무상, 허무의 이치를 말해주었다. 아무리 사랑했던 사이라도 세월이 흐르면 변하게 마련. 사랑한다면 너그러운 아량으로 보내줘야 한다. 그리고 그 오랜 세월 동안 어떤 희망도 없이 당신을 돌본 것에 대해 고마워해야 된다는 얘기였다. 그러자 그는 이미 마음으로 정리가 잘 되었다고 한다. 한없이 부끄러운 모습이었다.

원한은 원한을 낳는다는 걸 왜 몰랐을까. 분노는 마음을 들끓게 해 눈 밝은 이들도 눈 뜬 장님으로 만든다. 좌절과 절망, 분노와 격분을 이겨내는 건 용서요 기도뿐이다. 참을 인(忍) 자 세 번을 떠올리면 살인도 면한다는 걸 알면서도 욱해서 그랬단다.

화를 내는 데는 분명 이유가 있다. 공격적이 되는 것이다. 독이 온몸으로 퍼진다. 독이 오른 모습은 마치 뱀과 같다. 성냄은 자신을 태우는 마음의 불이다. 지극히 짧은 찰나다. 욕심으로 화냄으로 어리석음으로 인하여 남을 해(害)해서는 안 된다. 빛과 그림자, 밝음과 어둠, 낮과 밤, 선과 악. 생각에 따라 하늘과 땅이 뒤바뀔 수도 있는 법, 그러니 나쁜 생각을 버리는 것이 곧 바른 길인 것이다.

교도소를 나오며 나는 참회진언과 함께, 눈물겹게 조용필의 '너를 용서 않으니 내가 괴로워 안 되겠다. 나의 용서는 너를 잊는 것' 하고 〈Q〉라는 노래를 속으로 불러주었다.

그의 편을 드는 것은 아니지만, 살해 동기가 '오죽했으면' 하는 생각도 들었다. 그 동안 수행자로서 자부심과 자존감, 자신감으로 살았는데 이 사회의 부조리와 모순, 악덕 자본가, 고리대금업자라는 자본의 괴물 앞에서 "도대체 이 땅에 정의로운 부처님은 언제 오시나? 오, 부처님, 이제는 여기에……" 하고 중얼거렸다. 승려, 성직자라는 신분에서 나약한 사형수, 사랑하는 사람을 다른 이에게 보내야만 하는 무기징역수 생각에 가슴이 터질 것만 같았다.

그러나 다행히도 교도소 안에서 부처님과 함께하며 마음의 평화를 찾아 참회하고, 아내였던 여인의 행복을 비는 마음이 가슴을 저미는 듯했다. 비록 적은 돈이지만 일을 해서 번 돈을 아내였던 여인의 결혼 축의금으로 내어놓는 그 마음에 나는 울컥했다. 이제라도 그 사형수의 마음에 평화와 고요함이 깃들기를 기도하고 또 기도했다.

꼬마도둑놈과의 대화

요즘엔 소년원이라 하지 않고 소년원에도 무슨 중학교, 무슨 고등학교라는 학교 이름이 붙는다. 그 학교에 한 달에 한 번씩 눈이 오나 비가 오나 법회를 보러 간 적이 있다.

"아이야, 이제 두 달 남았네?"

"예."

아이는 이 학교가 이미 두 번째였다.

"이젠 나가면 다시 도둑질 안 할 거지?"

"……."

"다시는 이런 데 들어오지 마."

"…… 거지처럼 비굴하게 동냥하지는 않아요."

아이의 대답에 나도 모르게 눈을 찌푸렸다. 그러나 이내 복잡해진 감정을 속였다.

"그럼?"

"빈집털이범이 되려고 노력 많이 했어요. 수도관이나 가스관 타고 올라가는 거, CCTV 먹통 만드는 법도 여기 와서 배웠어요."

"그깟 재물 훔치는 좀도둑이 되지 말고 큰 도둑이 되는 건 어때?"

"…… 어떤 거요?"

내 말에 아이가 눈을 크게 뜬다.

"세상을 그냥 확 다 훔쳐버리는 거야!"

"…… 어떻게요?"

"…… 기술을 배우는 거지, 숙식이 가능한 곳에 가서…… 폴리텍대학이라고……."

"……."

"그렇게 남의 거 훔칠 생각하지 말고 떳떳하게 내가 땀 흘려 벌어서 내가 먹고 사는 거야. 얼마나 당당하냐. 내 생각 어때?"

"……."

"대답 좀 해봐라."

"스님……. 나 같은 놈들은요, 배운 게 쌈질 도둑질이에요. 도둑질도 직업으로 인정해 주셔야 해요. 정치 하는 놈들, 부정부패하는 공무원들, 대기업 놈들, 다 도둑놈, 사기꾼들 아니에요?"

"뭐야……?"

순간 나는 공들였던 그간의 노력이 아이고, 말짱 도로아미타불 되이 아이는 얼마나 더 헛디뎌 세상의 바닥을 무릎걸음으로 가야 하는 것인가. 부처님의 명호가 저절로 입에서 새어나왔다. 오늘같이 눈 오고 바람 부는 추운 날이면 "그 아인 잘 지낼까? 끝끝내 단념하지 않았으면……" 하며 목탁소리, 염불소리만 더 높아져 간다.

었네 하며 한숨을 내쉬었다.

"나가도 별 볼 일 없어요. 엄마는 행방불명되었고. 아버진 단칸방에서 딴 여자랑 사는데, 밤마다 지랄들을 해요. 밤에 저, 잠 못 자요. 또 바뀌는 여자들마다 날더러 감옥을 가든 본드를 하든 나가서 알아서 하래요. 그런데 내가 어떻게 해요?"

"……."

어둡고 외진 골목을 누벼야 살 수 있다는 말에 말문이 막혔다.

"집도 없고 스님처럼 절두 없고요. 어떻게 살아요?"

"보육원으로 가지?"

"거긴 아무나 가나요? 엄마 아버지가 다 살아 있고 엄마가 재산 있는 걸로 돼서 못 가요."

"…… 그럼 우리 절로 와."

"에이, 절에…… 가봤는데 따분해서 못 살아요. …… 하지 마라, 하지 마라, 그놈의 계율인지 뭔지…… 담배도 못 피우게 하고, 술도 못 먹게 하고, 게임도 못하게 하구요."

"이놈아……. 언제까지 니 하고 싶은 조건만 따질 거야?"

말해놓고 내가 막막해졌다. 수습이 되지 않는다. 도대체 이 아이는 얼마나 더 헛디뎌 세상의 바닥을 무릎걸음으로 가야 하는 것인가. 부처님의 명호가 저절로 입에서 새어나왔다. 그때 종이 울렸다. 상담시간은 물론이고 법회시간이 끝나 더아상 말을 잇지 못했다.

오늘같이 눈 오고 바람 부는 추운 날이면 "그 아인 잘 지낼까? 끝끝내 단념하지 않았으면……" 하며 목탁소리, 염불소리만 더 높아져 간다.

아, 중광 스님

1986년도쯤이었을까, 가을비 내리던 날 유보상 극작가의 소개로 중광 스님을 만나게 되었다. 세상이 참 넓어도 내 몸 하나 오고 갈 데가 없어 유보상 씨 극단 사무실에서 기거할 때다.

때마침 〈우리는 지금 제네바로 간다〉를 감독한 송영수 감독이 〈허튼소리〉라는 영화를 만든다며 대본을 봐달라고 해서 인사동으로 향했다. 나중에 정작 영화 제작은 김수용 감독이 했는데, 그 사이에 어떤 사연이 있었는지 모른다.

좌우지간 그 일로 인사동에 갔다가 송 감독이 준 봉투 하나 받고 여관 방에 사흘간 갇혀 최금동 씨가 쓴 시나리오를 읽었다. 밥은 이모네 집인가, 고모네집인가에서 먹었다.

이후로 가끔 중광 스님을 만나면 곡차를 얻어먹곤 했다. 기실 곡차는 스님의 주위에 있던 분들이 샀다. 신춘문예에 당선되면 내가 한턱 낸다고 큰소리를 쳤지만, 중앙지에 내리닫이 예선, 본선만 들락거리던 때였다. 그렇게 밥과 곡차를 얻어먹는 나를 하도 구박하기에 "좆도, 좆도" 했더니 중광 스님은 나를 "좆도 스님"이라 불렀다.

그리고 한참 세월이 흘러 스님이 풍을 맞기 전, 어느 날 내가 기거하는 절간을 월룡 큰스님과 함께 찾아오셨다.

"왜 오셨어요?"

"점심때도 되었고, 강릉 현일 스님한테 가다가 차가 막혀서 들렀지."

기가 막히고 코가 막힌다는 듯 나를 가자미눈으로 쳐다보았다. 먹다 남은 막걸리와 총각김치를 내어 놓으니, 대뜸 "퇴주잔은 나 안 먹어. 단고기나 사줘" 하신다.

"단고기가 뭐예요?"

눈을 껌벅이며 물었지만, 모를 리 없다.

"아직도 젖비린내 난다. 혜범아. 법을 구하고 부처를 이루고자 하는 자는 나 걸레와 더불어 살아야 하느니라. 그래. 항상 그렇게 웃는 부처로 살아가시게." 꿈속의 꿈 같은 얘기다. 이렇게 낙엽이 떨어지는 가을비 내리는 날은, 문득 스님이 "좆도야, 잘 사나?" 하며 들어설 것 같아 밖을 내다보곤 한다.

"크으. 나 돈 없는데."

스님은 순간, 절간을 돌아다니는 하얀 백구, 진돗개를 입을 다시며 바라보고 있었다.

"재, 된장 바르자."

"……."

하도 졸라대서 공양간에 가서 된장을 퍼왔다.

"자, 마음대로 하소."

그러나 낯선 스님이 얼굴에 된장을 바르려 하니, 개가 가만히 있을 리가 없다. 개는 도망가고 스님은 쫓아가고, 그야말로 절간이 개판이었다. 월룡 스님과 나는 낄낄대며 내리는 비를 바라보다가 안 되겠다 싶어 "나가요, 읍에 나가면 매운탕 잘 하는 집 있어요"라고 할 수밖에.

그렇게 절을 나가는데 "그래, 언하대오(言下大悟, 말을 듣고 깨닫다) 했느냐?"

차 안에서 내게 묻는다.

"지학성보리(智學成菩提, 지혜와 학문을 이루면 해탈을 얻음)요, 우학성보생사(愚學成普生死, 우치를 끊고 지혜롭게 닦으면 생사 없는 해탈을 얻음)다."

내가 답하니 월룡 스님이 낄낄대신다.

"아직도 젖비린내 난다. 혜범아. 법을 구하고 부처를 이루고자 하는 자는 나 걸레와 더불어 살아야 하느니라."

"물론입죠, 생사(生死)가 고(苦)인 줄 압죠, 좆도."

"그래, 항상 그렇게 웃는 부처로 살아가시게."

꿈속의 꿈 같은 얘기다. 이렇게 낙엽이 떨어지는 가을비 내리는 날은, 문득 스님이 "좆도야, 잘 사냐?" 하며 들어설 것 같아 밖을 내다보곤 한다.

잘 살고 잘 죽는 게 수행이다

어릴 적, 파계사 뒤의 성전암에서 철웅 스님을 뵌 적이 있다. 철웅 스님과 나의 은사 스님의 인연으로. 그쯤 나는 수계를 받고도 행자로 떠돌고 있었다. 스님으로 돌아다니는 것과 행자로 돌아다니는 건 차이가 많다.

절집에서 행자라 하면, 처음 발심 입산하는 것으로 백지 상태인 것이다. 무조건 모른다, 배우겠다, 하면 되는 것이다. 교리도 모르고 염불도 못하고 그저 산중의 허드렛일, 공양간 일, 사중의 심부름만 하면 된다. 그래도 밥 먹여주고 옷 입혀준다. 스님들 역시 상대가 행자라면 폼 잡지 않고, 무장해제하고 나를 대해주곤 했다. 그렇게 나는 큰스님들께 가르침을 배우며 돌아다닌 때가 있었다.

1970년대 중반, 그렇게 파계사에서 도원 스님을 모시고 고송 큰스님 시봉을 하는 행자 노릇을 하고 있는데, 어느 날 들통이 나고 말았다. 객스님으로 떠돌던 월서 스님의 상좌, 청운 스님을 만난 것이다. 허걱.

나는 급하게 검지 손가락을 입에 가져다댔다. 청운 스님은 피식 웃으며 그냥 지나쳤다. 내 뜻을 받아준 것이다.

그런데 연이어 불교 잡지의 김모 기자가 불쑥 나타난 것이다. 김 기자는 잡지 마감 과정에서 가끔 기사 펑크가 난다거나 마음에 들지 않는 기사가 있으면 내게 긴급 요청을 하곤 했었기에 평소 교분이 두터운 지인이었다. 그런 김 기자가 불현듯 눈앞에 나타났으니, 내가 화들짝 놀라지 않을 수 없었다. 이유인 즉은, 철웅 스님 취재차 왔다는 것이었다.

"어머, 스니임……."

"윽, 크 ……."

나는 또다시 급하게 손가락을 입으로 가져다댔다. 정황을 알게 된 김 기자는 철웅 스님을 친견하러 가는 길이니 굳이 암자까지 함께 올라가자는 거다. 그러지 않으면 사중 스님들께 다 까발리겠다고 웃으며 협박하는 거다. 하는 수 없이 따라나설 수밖에 없었다.

하여, 철웅 스님을 찾아뵙고 모르는 듯이 넙죽 삼배를 올릴 수밖에 없었다. 스님은 나를 보고도 아무 말씀하지 않으셨다. 스님의 상좌가 찻물을 준비해 오자, 스님이 다구를 펼치시고 "차나 한 잔 하시게" 하며 차를 따르는데,

"스님, 무기(력)에 빠졌을 때, 어찌 수행을 하여야 하는지요?"

김모 기자가 열어놓은 가방 위의 녹음기를 스님 모르게 슬쩍 누르

며 묻는다. 나는 그 모습을 보며 피식 웃었다.

헌데, 스님께서 내 앞에 내놓은 찻잔이 넘치도록 차를 따랐다. 스님의 상좌가 기겁을 하며 "스님, 잔이 넘치는데요" 했다. 철웅 스님은 들은 척도 않고 상좌의 찻잔에는 잔이 모자라게 따르는가 하면, 김 기자의 찻잔에는 차를 알맞게 따라주는 거였다.

우리 셋은 마주보고 고개를 푹 숙였다. 나는 누구인가. 어디서 왔던가. 지금 어디에 있는가. 어디로 갈 것인가. 무엇이 될 것인가.

그랬다. 그것은 호된 꾸짖음 같은 것이었다. 넘치고 모자람을 일갈하는 죽비이기도 했다. 얼떨결에 철웅 스님을 친견하게 되었지만, 그 바람에 나는 얼마나 혼이 났던가. 승려라고 해서 학같이 난같이 살 수만은 없다.

"거문고의 줄도 느슨하면 소리가 나지 않고 너무 팽팽하면 끊어진

"거문고의 줄도 느슨하면 소리가 나지 않고 너무 팽팽하면 끊어진다. 수행이란, 잘 살고 잘 죽고자 하는 것이다. 잘 사는 게 수행이고 해탈 열반, 잘 죽는 게 바로 견성성불이요, 도(道)인기라." 철웅 스님의 말씀은 서릿발 같았다. 길은 어디에도 있다. 그러나 어디에도 없다. 길은 내가 만들어 가는 것이다.

다. 수행이란, 잘 살고 잘 죽고자 하는 것이다. 잘 사는 게 수행이고 해탈 열반, 잘 죽는 게 바로 견성성불이요, 도(道)인기라."

스님의 말씀은 서릿발 같았다. 길은 어디에도 있다. 그러나 어디에도 없다. 길은 내가 만들어 가는 것이다.

철웅 스님의 말씀을 지금도 나는 내게 묻고 대답하곤 한다. "넘치는가, 모자라는가. 넘치면 넘치는 대로, 모자라면 모자라는 대로 정진하고 또 정진하고 사시게" 하시던 말씀이 뼈에 사무친다.

꿈으로 지나온 길, 지나가는 길. 순탄한 길인가, 험난한 길인가. 바람 같은 낮길, 물 같은 밤길. 막힌 길, 되돌아가던 길. 괴로움과 슬픔이 들끓던 빗길과 눈길. 지혜가 어두워 잃었던 길.

거기가 어디였던가. 거기가 여기고 여기가 거긴데, 왜 가는 길마다 다 깔딱고개고 까풀막길이었던가. 그래도 환희에 넘쳐 두 손 두 팔 벌려 만세를 부르던 길. 가도 가도 꿈, 꿈속의 꿈으로 가는 길. 행복, 그 깨달음을 향해 가는 길이었음을.

참고로, 김모 기자는 그 후로 입산하여 스님이 되었다.

가난함이 주는 자유로움

나는 사람들을 만나도 옆자리에 잘 앉지 않는다. 되도록 마주 앉는다. 곁을 잘 주지 않는 건 오랜 중노릇 때문은 아니다. 너무 가까이 해도 안 되고 너무 멀리 해도 안 된다는 수행자의 계율 때문만은 아니다. 상대의 맑은 눈빛을 보며 이야기하고 싶어서다. 이야기도 잘 하지 않는다. 그저 잘 들어준다.

사람들이 암자에 와도 내 방에는 잘 들이지 않는다. 나를 보여주기 민망해서다. 암자엔 따로 차를 마실 수 있는 공간이 없다. 그래서 방 앞에 탁자 두 개를 놓고 의자를 놓아 차도 마시고 담소도 나눈다. 비가 오면 비를 보고 눈이 오면 눈을 보며.

승방이라는 게 그렇다. 신도들 중에서도 허물없는 이들, 곰곰이 생각해보니 거개가 십 년이 넘는 남정네들이다. 그래도 따져보니, 몇 명 되지 않는다. 더구나 가뭄에 콩 나듯 내방에서 자고 가는 이도 더러 있다. 그러나 예외는 있다. 스님들과 시인이나 소설가들은 방으로 맞이한다. 그들과는 아마도 대적해야 할 일들이 많기 때문이리라.

그러다보니 야박하게 느낄 신도들이 있을 듯하여 지난 여름 나는 사람들과 만나고 나누며 함께 할 수 있는 요사채, 대방을 하나 만들었다. 차도 마실 수 있고 음악도 들을 수 있고 열댓 명은 족히 앉아 공부와 토론도 할 수 있는 그런 공간을 만들었다. 아직 완성이 되지는 않았지만 밖이 훤하게 내다보이는 비닐로 창문을 만들고 나무장작을 땔 수 있는 난로도 놓았다.

장작난로에는 고구마를 구워먹을 수 있는 공간도 만들었다. 제를 올리고 남은 밤을 고구마 굽는 곳에 구워 먹다 울컥, 콧잔등이 짠해지곤 한다. 내 안에 잠들어 있던 소년이 고개를 내민 것이다. 가난하고 외롭고 쓸쓸하게 자라서 그런가 보다. 문득 옛 시절의 절간 생활이 생각난다. 은사 스님이 돌아가시자, 절은 사숙이 차지했고 그 사숙의 제자가 날더러 나가달라는 거였다. 오고 갈 때가 없었다.

"스님 서울로 공부하러 가겠습니다" 했더니, "새벽 예불은 어떻게 하고?" 말씀하시며 올려다보는 눈빛이 짠하다. 신도가 없어도 스님은 하루 세 번의 예불을 빼먹지 않았다. 예불도 예불이지만 "이 나이에 내가 밥하고 예불하고……. 땔감은 또 어떻게 하라고?" 해서 결국 나는 스님 곁을 떠나지 못했었다. 그렇게 있어도 수고한다, 고생한다 한마디 말씀도 없었다. 당신을 시봉하는 게 당연하다는 양, 오히려 내 속을 와락

그때는 몰랐다, 정말 먹을 것이 없어서 못 살겠다 싶었다, 그러나 가난하기 때문에 자유롭고, 아무 것도 가진 것이 없기 때문에 모든 것을 소유하며, 그래서 손대는 것이면 무엇이든 성스러운 불꽃을 튀길 수 있다는 것을,

뒤집어 놓곤 하셨다.

그렇게 은사 스님과 살 때다. 어느 가을날이었는데, 하루는 저녁 공양을 지으려고 공양간에 들어가니 쌀 항아리에 바가지 긁히는 소리가 들렸다. 그래도 겨우 밥 한 그릇은 나올 것 같았다. 밥을 지어 스님께 상을 올리니 “니는 안 먹나?” 하신다. “예, 소화가 안 되어서요” 하고 얼버무리고 스님 방을 나와 봉당마루에 앉았다. 작고 조용한 마을이었다. 높은 산중이었다. 그러니 초파일 말고는 신도도 올라오지 않았다. 그 해는 가끔 들어오던 불공도 들어오지 않았다. 어찌해야 하나, 봉당에 앉아 머리를 득득 긁었다. 속가, 집에서도 제대로 못 먹고 자랐는데 절에서도 마찬가지였다. 공연히 안쓰럽고 슬퍼서 사는 게 지겨워졌다. 누가 슬쩍 건드리기만 해도 펑펑 울 것만 같았다. 소리를 들어보니 스님의 공양이 끝난 것 같아, 스님 방에 들어가니 혹시나 했는데, 스님은 밥풀 한 톨도 남기지 않으셨다.

"쌀 떨어졌나? 옜다, 장에 가 한 말 사와라. 니 나가서 니 좋아하는 짜장면도 한 그릇 사 묵고."

"……."

스님이 돈을 내 앞으로 휙 던졌다. 순간, 짜장면 사먹으라는 말에 슬프고 거지같다던 생각은 싹 사라지고 코끝이 찡 해졌다.

"니 알재? 연의미식(軟衣美食)은 절막수용(切莫受用)이로다. 자종경종(自從耕種)으로 지우구신(至于口身)하니 비도인우(非徒人牛)의 공력다중(功力多重)이라는 말."

연의미식(軟衣美食)은 당은중이손도(當恩重而損道)요, 파납소식(破衲蔬食)은 필시경이적음(必施輕而積陰)이라. 초발심자경문에 나오는 말이다. 채소뿌리 나무열매로 주린 창자 위로하고 솔가지 풀 옷으로 몸뚱이를 가릴 뿐. 부드러운 옷과 좋은 음식을 절대 수용하지 말라는 말이다. 그때 스님께서 한마디 더 하셨다.

"배가 많이 고팠지?!"

금술잔의 맛 좋은 술은 천중생들의 피요,
옥그릇의 기름진 안주는 만중생의 기름이니
촛농이 떨어질 때 중생의 눈물도 떨어지고

노랫소리 높은 곳에 원망소리 높다.

金樽美酒 千人血 玉盤佳肴 萬姓膏 燭淚落時 民淚落 歌聲高處 怨聲高(금존미주 천인혈 옥반가효 만성고 촉루락시 민루락 가성고처 원성고)

절에도 쌀 떨어질 때가 많았다. 은사 스님은 금존미주를 해석해주며 나를 다독였다. 보릿고개가 있던 시절에는 너나없이 가난했다. 소욕지족 소병소뇌(少欲知足 少病少惱)라. 적은 것으로써 넉넉할 줄 알며, 적게 앓고 적게 걱정하라. 가난한 생활을 하면서도 편안한 마음으로 도를 즐기는 것이 안빈낙도(安貧樂道), 수행자의 길이라던 스님.

그 다음 날, 우리는 산밤과 도토리를 주우러 온 산을 헤맸고, 그 다음 날은 마을사람들이 추수해간 고구마밭을 다시 한 번 호미로 일궈 근한 자루의 고구마를 메고 암자로 올라왔다.

그때는 몰랐다. 정말 먹을 것이 없어서 못 살겠다 싶었다. 그러나 가난하기 때문에 자유롭고, 아무 것도 가진 것이 없기 때문에 모든 것을 소유하며, 그래서 손대는 것이면 무엇이든 성(聖)스러운 불꽃을 튀길 수 있다는 것을.

봄날의 단상

새벽 예불을 마치고 아침 공양도 하고 난 다음의 나의 일과는 산보다. 눈이 오나 바람이 불거나 비가 오나 한결같다. 그날은 차를 마시느라 산보 시간이 좀 늦었다. 막내상좌가 뒤를 쫓아온다.

"스님, 산하대지가 어디 있어요?

"스님한테도 산하대지가 있긴 하냐?"

"……."

못마땅하다는 듯이 내뱉은 나의 말에 옆에서 걷던 상좌는 걸음을 멈춘다. 그때였다. 뱀이었다. 밤색 굵은 독사 한 마리가 개구리를 입에 물고 있었다. 그때 나는 개구리가 우는 소리를 처음 들었다. 개구리의 비명이 귀를 찔렀다. 이미 독사는 개구리의 몸통을 삼키고 대가리만 남겨놓은 상태다.

"어떻게 할 테냐?"

"……."

뱀이 개구리를 삼키면 살생을 면하게 해줄 것이고, 손으로 독사의 아가리에서 개구리를 꺼내 살려주면 뱀은 굶을 것이다. 막내상좌는 대답을 하지 못했다. 나는 그냥 걸었다. 하지만 막내상좌는 그곳에 멈춰 선 채 움직일 줄 모른다.

이미 상좌는 그 광경에 내게 산하대지가 어디 있냐고 묻던 질문마저 잊어버린 모양이다.

산길을 얼마나 더 걸었을까, 상좌가 허겁지겁 다가왔다. 그러나 아무 말이 없다.

"스님."

"왜?"

"스님, 같이 가요."

상좌의 말에 나는 피식 웃었다.

"그래, 산하대지가 개구리에게 있드나, 뱀에게 있드나?"

"……."

"털끝만큼이라도 어긋남이 있으면 하늘과 땅처럼 벌어질 것이야."

상좌는 답을 못 한다. 대답도 안 하고 멍청히 또 서 있다. 가로막힌 모양이다. 나는 죽어가는 개구리의 명복을 빌며 혼자 또 걷는다. 얼마나 걸었을까, 상좌가 허겁지겁 달려온다. 눈빛을 보니 의심을 뚫어낸 모양이다.

서로가 서로에게 마음으로 닿을 수 있다는 건 진정 만남과 나눔의 큰 행복이다. 내가 가르칠 수 있는 게 있고 본인이 직접 알아야 할 것이 있다. 물이 뜨거운지 차가운지, 경험하고 체험해봐야 깨칠 수 있는 게 있다.

"그래 산하대지는 어디에 있느냐?"

"제 뱃속에 있습니다."

"그래? 그럼 산하대지를 토해놓아 봐라."

"……."

상좌는 또 걸음을 멈추었다. 그리고 나는 산을 내려와 가부좌를 틀고 앉았다. 그리고는 이내 잊어버렸다.

점심때가 되자 울렁목탁 소리가 들렸다. 공양간에 가보니 내가 좋아하는 국수가 놓여 있었다. 삶아 건진 국수 위에는 절 주위에서 딴 명아주를 살짝 데쳐 된장에 살살 비빈 나물이 올려져 있었다. 들기름 냄새가 기가 막힐 정도였다. 숨길 수 없이 기분 좋은 표정을 짓자 상좌 놈이 입을 연다.

"스님, 산하대지로 삶은 국숩니다."

"그래? 산하대지 국수라……. 별 지랄을 다 떠는 국수도 있네."

나의 말에 절 식구들이 다 낄낄대고 웃는다.

서로가 서로에게 마음으로 닿을 수 있다는 건 진정 만남과 나눔의 큰 행복이다. 내가 가르칠 수 있는 게 있고 본인이 직접 알아야 할 것이 있다. 물이 뜨거운지 차가운지, 경험하고 체험해봐야 깨칠 수 있는 게 있다.

그 칡꽃 향기를 스님께

새벽에 비가 왔다. 아침이 되자 선득선득하다. 예불을 마치고 나와 보니, 얼그렁설그렁 나무를 타고 올라간 칡넝쿨에 보라색 칡꽃들이 줄줄이 피었다. 칡꽃을 보자 문득 옛날 생각이 났다.

나는 만리동에 있는 배문중학교를 다녔다. 중학교 2학년을 중퇴하고 산을 들어온 것이 오늘까지 이어지게 되었다. 그때는 아팠다. 남들 다 학교 가는데 나는 학교에 가지도 못했고, 고통과 번뇌에 가득 찬 날들이었다.

어느 날, 홍은동에서 학교까지 걸어갔다가 돌아서서 다시 만리동 너머에 있는 효창공원 백범 김구 동상 아래 앉아 있을 때 스님을 만났다. 한눈에 보아도 길거리 땡초였다. 옷깃이며 손과 목이 때로 절어 있었다.

스님도 근처 절에서 나와 나처럼 갈 곳이 없다고 했다. 구월, 초가을 밤. 날은 흐렸고 배는 고픈데 어둠은 벌써 새벽에 밀려나고 있었다.

"왜 학교 안 가고 여기에 앉아 있지? 어, 너 여기서 밤을 새웠구나. 어디 보자. 얼굴이 중상(僧像)이네."

"……."

스님이 내게 물었다.

"하교 하고 집에 돌아가 보니 집이 없어졌어요" 하고 더 이상 말하지 않았다.

"너 그 책가방에 공책 하나만 줘봐라."

"……."

그냥, 난 영어 공책 한 권을 내밀었다.

"공부 잘 하는구나. 그런데 이건 틀렸다."

속으로 나는 그랬다. 스님 같은 땡초가 영어를 보면 뭐 알겠어요? 하는 속셈이었다.

"여기 이거. 높이 나는 갈매기가 멀리 본다, 이거 말이다. The highest bird can see the farthest도 틀린 문장은 아니지만 원문은 The gull sees farthest who flies highest가 맞아."

"…… 네?!"

스님은 놀라는 내 눈을 보며 호주머니에서 담배를 꺼내 깨물었다. 비가 내리기 시작했다.

"내가 너 대학도 보내주고, 너 하고 싶은 거 다 하게 해줄까? 너 배고프지? 너는 꿈이 뭐니?"

"…… 작가가 되는 거요."

"…… 글 잘 쓰는 것도 좋지만, 잘 사는 사람이 되어라. 글은 못 써도 된다."

"……."

"타올라라. 너는 타오르는 불꽃이야. 이 우주에 충만히 넘치는 허무. 이 세상 모든 곳이 너의 보금자리란다."

"……."

그렇게 스님의 말씀에 내 몸과 마음은 엮였다. 하여 스님과 함께 엄숙한 표정으로 산으로 올라왔다. 불행하게 되면 절밥을 먹게 된다던가. 가을비 때문에, 배고픈 인연에, 갈 곳이 없었기 때문에, 대학 보내준다던 그 말 때문에 나는 입산한 것이다.

스님은 서울대 수학과를 다니다 시위로 퇴학을 당했고, 그 길로 입산했다. 그러나 승가하고도 어울리지 못하는 그런 알코올중독 스님이었다. 오온적 인간관을 갖은 스님. 불교적 허무주의자였던 스님. 내게는 몽환적이었고 환상적이었으며 매일매일 신비스러웠다. 스님과 함께 떠돌다, 나를 절집에 버리고 갔지만. 스님이 사주시는 짜장면 곱빼기 한 그릇에 그렇게 나는 중이 됐다.

"나는 내가 죽어도 너를 바라보고 있을 것이다. 안타깝구나, 어린

길바닥에 빈 달빛만 남겨둔 채로, 칡꽃이 든 사 홉 소주병을 내밀며 번뇌와 업을 씻는 감로수라던 스님, 제사 같은 건 지내지 말라던 스님, 노력하면 다 될 거 같지만, 노력해도 안 되는 게 있으니, 노력해도 살지 못하는 세상이니 더 노력하라던 스님.

너를 두고 내가 가다니."

내가 스님을 여읜 건 대참사였다.

"…… 그래요 은사 스님, 제가 수행자가 되었어요. 오늘도 당신을 위해 기도합니다."

나는 법당을 나와 가사장삼을 벗고 허적허적 산을 올라가 칡꽃을 땄고, 소주병에 칡꽃을 넣어, 칡꽃이 든 소주병을 잔에 따라 올렸다.

"The gull sees farthest who flies highest. 세상을 원망하지 마라. 노력해라. 세상이 너를 노하게 하여도 네가 노하지 않으면 네가 이기는 것이다. 스님치고 아니 사람치고 뿌리 없는 이 누구 있겠느냐. 자, 선재동자야. 어린 부처님아. 한 잔 해라."

겨우 중학교 2학년 중퇴생이었던 내게 소주잔을 권하던 스님. 대학 보내주고 하고 싶은 거 다 하게 해주겠다던 스님은 일찍 돌아가셨다. 길바닥에 빈 달빛만 남겨둔 채로. 칡꽃이 든 사 홉 소주병을 내밀며 번뇌와 업을 씻는 감로수라던 스님. 제사 같은 건 지내지 말라던 스님. 노력하면 다 될 거 같지만, 노력해도 안 되는 게 있으니, 노력해도 살지 못하는 세상이니 더 노력하라던 스님.

그렇게 해서 나는 검정고시로 중학교 졸업 자격을 얻었고 스님의 유언대로 남들보다 2년 늦게 고등학교엘 들어갔다. 그렇게 글 쓰는 이들을 만난 게 시인 기형도였고 정화평 스님이었다. 기형도는 누구라고 설명할 것도 없는 시인이었고, 정화평은 얼마 전 한 산사의 주지를 했던 희곡을 쓰는 원담 스님이다. 나는 속세로 나와 학교를 다녔고 정화평은 거꾸로 고1 때인가, 고2 때인가 산으로 들어가 스님이 되었다. 나도 노래를 좋아했지만 기형도나 정화평은 나보다 노래를 더 좋아하고 더 잘 불렀다.

그때 만난 스님으로는 정각 스님도 있다. 나이는 나보다 어린데 법랍은 나보다 높았다. 팔자 기구한 건 나 못지않다. 스님이 전등사에 머물 때였다. 비 오는 어느 날, 운전하고 절로 들어가다가 무단횡단하는 이를 피하려고 핸들을 꺾어 가로수를 들이받는 사고가 있었다. 스님은 육신의 눈이 멀게 되었다. 각막수술까지 해보았지만 소용이 없었다. 너무 안타깝고 기가 막혔다. 그런 내게 "마음의 눈 열면 되지 뭐" 하던 스님. 그 한마디 말이 내가 썼던 소설 『반야심경』의 모티브였다.

스님이 눈멀기 전에 붓글씨를 쓰고 시도 썼다는 것을 아는 사람은 몇 되지 않는다. 가끔 나한테만 보여주었는데, 시가 참 좋았다. 그런데 아마 그 후로는 시를 접은 모양이다. 한 이십 년 전, 일산에서 포교당을 할 때는 몇 번 만났으나, 청송인가 어디로 내려가고는 연락이 끊겼다. 지금도 시를 쓰고 있는지 궁금하고, 그의 시도 보고 싶다.

어느 평론가가 시로 등단한 스님들은 많으나 소설로 정식 등단한 스님은 우리나라에서 내가 처음이고, 두 번째가 백양사의 의연 스님이란다. 의연 스님은 나와 함께 문청시절을 보냈다. 교통사고를 당해 일 년 반 동안 병원 생활을 하고 절름발이가 되어 어육주초에 찌들었을 때 그만하라고 일어나라고, 제발 정신차리라고 용기를 북돋워준 스님이다.

서녘 산에는 서러운 노을빛이 가득하다. 도반들, 이제 몇 안 남았다. 보고 싶다. 은사 스님께는 제사 대신 두 손 모아 칡꽃 향기 바치는 것으로 그리움 대신하는 막막한 산사의 가을밤이다.

큰 산, 큰 스님

은사 스님은 내게 큰 나무가 되라 하셨다. 큰 산이 되라 하셨다. 추억의 갈피를 뒤적거리다보면 은사 스님은 참 엉뚱하셨다. 뚱딴지같은 말씀을 곧잘 하셨다. 산도 변하고 구름도 변하니, 변하기 전에 하늘을 올려다보고 땅도 살피며 살라고 하셨다.

은사 스님 못지않게 나도 좀 엉뚱했다. 불쑥 뚱딴지같은 질문을 던지곤 했다. 스님과 함께 바다엘 갔다.

"스님, 어디서 저렇게 물이 많이 모인 거예요?"

"응, 저 바다는 이 세상에 살다간 사람들이 생전에 흘렸던 눈물이 모여 바다가 된 거다."

"……."

온통 얼굴에 주름이 자글자글한 스님이 저녁놀이 진 바다를 보고 앉아 담배를 피우시며 말했다. 나는 황금빛 노을에 얼굴 붉히며 눈을 반짝였다. 밤이 깊도록 아무 말 없이 앉아 있었다.

"스님, 하늘에 저 별은 어디서 온 거예요?"

"응, 이 땅에 살던 사람들의 눈빛이야. 죽어서 저 하늘로 올라가 별로 반짝이는 거야."

"피이. 갖다 붙이기도 잘 갖다 붙이시네요."

스님은 여유롭고 평온하고 인자하게 웃으시며 말을 이었다.

"이해하려 하지 마. 느끼란 말이다, 이놈아."

또 책만 만나면 밑줄 치며 책을 읽는 것도 스님은 못마땅해 하셨다.

"스님, 내가 큰 나무가 되어야 해요?"

"응…… 큰 나무가 되면 니가 그늘을 만들잖아. 그럼 사람들이 너의 그늘로 와 쉴 수 있잖아."

"피이……."

"그리고 사람들이 추우면 너의 몸을 베어 잘라 의자도 만들고 아궁이에 군불도 피워 방을 따숩게 할 수도 있잖아."

"…… 크으."

물같이 바람같이 살다가 가라던 스님의 뜻을 그때는 몰랐다. 먼저 나를 떨쳐버림으로 나는 더 뛰어나고 강해진다는 거였다. 가을이면 나무가 그 수많던 나뭇잎을 다 떨구듯이, 그리고 봄이면 또 많은 생각의 나뭇잎들을 피워내듯이. 겨울나무처럼 홀로, 무소의 뿔처럼 홀로 가라는 거였다.

스님은 내게 책을 읽지 못하게 하셨다. 어린 내게 가부좌를 틀고 앉게 하시고 "이뭣꼬, 이 봄이 어디로 가는고?"를 시켰다. "이뭣꼬 저뭣꼬 그뭣꼬?" 하라는 거다.

계절도 바뀌고 시절도 바뀌고 너도 변하고 나도 변한다. 내면을 보라. 본래의 얼굴을 찾으라. 너의 본래면목은 무엇인가. 멀리 보지 마라. 높이 나는 새가 멀리 볼 수 있지만, 자세히 보지는 못한다.

"니가 볼 수 있는 하늘, 니가 걸을 수 있는 만큼만 정진해라. 뱁새가 황새 쫓아가려면 가랑이 찢어진다."

그리고 살다보면 몸의 살은 아프고 고단하겠지만 마음은 자유로워야 한다고 하셨다. 어떤 삶을 살아도 스스로가 선택하는 것. 다만 한 마디로 '너를 너에게 가두지 말라'는 말씀이셨다.

당시, 어린 내가 뭘 알았겠는가. 어린왕자처럼 긴가민가 고개만 갸웃거릴 뿐이었다.

저 허공에 연꽃의 씨를 뿌려서는 안 된다, 눈물과 땀, 피로 얼룩진 거름 많은 사바세상에 뿌려야 한다, 그래야만 잘 자란다, 번뇌야말로 깨달음을 얻는데 더 없는 토양이다, 바다에 들어가지 않으면 진주를 얻을 수 없듯이 번뇌의 바다에 들어오지 않으면 지혜의 보배는 얻을 수 없다,

하나를 통해 많은 걸 보라고 하셨다. 눈에 보이는 것에만 휘둘려서는 안 된다고 하셨다. 내게 책을 읽지 말라 하시는 뜻이 거기에 있었다. 아직 주관이 서지 못한 내가 다른 이의 사념에 흔들릴까 걱정스러우셨으리라.

"야 저기를 봐라. 우리가 허공에 길을 닦아두었더니 저기 저 바다에 연꽃 하나가 피어오른다."

스님은 아침에 떠오르는 태양을 연꽃이라 하셨다. 바다를 똥바다라 하셨다. 똥바다에 피어나는 연꽃 한 송이. 밥도 뜸이 들어야 되듯이, 똥바다를 화르르 끓어 넘치게 만드는 찬란한 연꽃으로 피어나라던 스님.

깨달음의 가능성은 고뇌와 번뇌 속에 있다. 연꽃은 높은 산이나 육지, 소금기 있는 바다에서는 자라지 않는다. 낮고 축축한 진흙 속에서 자란다. 그러므로 그 번뇌의 진흙 속에서 우리는 깨달음의 연꽃을 피워야 한다. 저 허공에 연꽃의 씨를 뿌려서는 안 된다. 눈물과 땀, 피로 얼룩진 거름 많은 사바세상에 뿌려야 한다. 그래야만 잘 자란다. 번뇌야말로 깨달음을 얻는데 더 없는 토양이다. 바다에 들어가지 않으면 진주를 얻을 수 없듯이 번뇌의 바다에 들어오지 않으면 지혜의 보배는 얻을 수 없다.

아주 사소한 말씀도 철썩이는 파도처럼 큰 법문으로 바꾸시던 스님. 죽을 때까지 역설과 풍자로 일관하시던 스님을 따라가지 못한다. 그래도 스님이 계셨기에 큰 산, 큰 하늘을 볼 수 있게 되었다. 새벽 예불을 기다리는 법당으로 발길을 옮긴다.

응답하라, 부처님

우리들에게 응답하소서 혀 짤린 하나님
우리 기도 들으소서 귀먹은 하나님
얼굴을 돌리시는 화상 당한 하나님
그래도 내게는 하나뿐인 민중의 아버지
하나님 당신은 죽어버렸나
어두운 골목에서 울고 있을까
쓰레기더미에 묻혀버렸나
가엾은 하나님 얼굴을 돌리시는 화상 당한 하나님
그래도 내게는 하나뿐인 민중의 아버지

1980년대, 나는 이 시노래에서 하나님을 부처님으로 바꾸어 불렀다. 김홍겸 시인을 만난 건 서울 혜화동 대학로에서였다. 기억에 시인은 목사님이었다. 기형도 시인과 샘터사 2층 카페에서였는데. 우연일까,

무너져가는 사람들을 쓰러져가는 이들을 위해 기도하는데도 우린 항상 중심에 서지 못했다. 쓰러지는 심장, 가난한 눈물로 집도 절도 없이 변두리, 변방을 기웃거렸다. 가장자리도 아닌 의지처도 안식처도 없는 아웃사이더였다. 삶이 그렇듯 사랑도 함정이었다. 그러나 이젠 괴로움도 즐거움으로 즐길 줄 아는 나이가 되었다.

그때 만난 두 사람은 이 세상 사람이 아니다. 내 가슴에 노래만 남고 시인은 떠났다. 그리고 가슴 아픈 세월은 흘러 오늘이 되었다.

"기도시 하나 써주세요" 하는 제의가 들어왔다. "글쎄요, 저 요즘 글 못 써요. 나를 지키는 이가 누군지도 모르는 데요, 뭘" 하며 청탁을 거절했다. 그리고 기도시라는 말에 문득 '민중의 아버지, 혀 짤린 하나님'이란 노래를 떠올렸다. 노래와 함께 오래 전 만났던 최광식 시인의 모습도 떠올렸다. 기실 청탁을 거절한 것은 김홍겸 시인보다 기도시를 더 잘 쓸 자신이 없었다.

기도시의 주인공 낙골연가의 김홍겸 시인과 친했던 최광식 시인을 오랜 만에 원주에서 만났다. 우리는 서로 눈을 반짝였다. 반가웠다. 보고 싶었다. 그러나 서로 손을 마주 잡을 뿐이었다. 서로 잘 살지 못하면서 "잘 살아요?" 하고 안부를 물을 뿐이었다. 도법 스님이 바로 옆자리에 있었고, 이동훈 신부님, 국충국 신부님과 함께 점심식사를 하는 자리였다.

최광식 시인. 우리는 많이 걸었다. 우리는 이번 생에 많이 걸어야 하는 인생이었다. 현존재를 구속하고 의지를 통제하려는 미물과 맞섬으로 외로워하고 고달파하고. 헌데, 최광식 시인이 다른 이들 모르게 탁자 밑으로 무언가를 내민다. '걸어서 별까지 가요'하는 글과 함께 내민 건 『자연교향악』이란 시집이었다.

나는 가장자리에 살며
더러운 것들을 밀어내지
어머니 바다가
늘 깨끗하도록
가운데 서야만
일하는 것은 아니야
가장자리에서도
늘 할 일이 있지

— 최광식 시인, 「파도」

그랬다. 무너져가는 사람들을 쓰러져가는 이들을 위해 기도하는 데도 우린 항상 중심에 서지 못했다. 쓰러지는 심장, 가난한 눈물로 집도 절도 없이 변두리, 변방을 기웃거렸다. 가장자리도 아닌 의지처도 안식처도 없는 아웃사이더였다. 삶이 그렇듯 사랑도 함정이었다. 그러나 이젠 괴로움도 즐거움으로 즐길 줄 아는 나이가 되었다.

죽음, 그 새로운 세계로의 시작

나도 스님이지만, 나도 가끔 스님이 싫을 때가 있다. 죽음과 마주한 이들을 만날 때다. 죽음 직전의 사람들을 만나면 거의가 "스님 나 좀 살게 해주세요" 한다. 이승의 사연마다 삶이 다 엉켜 있다. 얼마나 절박하면 살려달라고 할까 마는, 내가 원하는 대로 살려줄 능력이 있다면 얼마나 좋을까.

그때 나는 두 가지를 선택한다. 살려달라고 청하는 사람이 움직일 수 있는 정도라면, "바다를 본 게 언제예요?" 하고 물으며 휠체어에 태우고 병실 밖으로 나온다.

"우리 하늘 보러 나가요."

우리 모두 영원히 살 것처럼 쫓기고 아등바등 살지만 어느 누구에게나 인생의 끝은 온다. 숨이 멎는 순간 이승과의 연결고리는 끊어지는 것이다. 단 한 사람도 죽음을 피할 수는 없다. 그때 나는 하늘을 보자며 밖으로 나가자 한다.

나 하늘로 돌아가리라
새벽빛 와 닿으면 스러지는
이슬 더불어 손에 손을 잡고,

나 하늘로 돌아가리라.
노을빛 함께 단 둘이서
기슭에서 놀다가 구름 손짓하면은,

나 하늘로 돌아가리라.
아름다운 이 세상 소풍 끝내는 날,
가서, 아름다웠다고 말하리라……

— 천상병 시, 「귀천」

함께 하늘을 보며 천상병 시인의 시를 읊어준다. 그토록 당신이 원했던 삶은 무엇이었던가. 떠난 자리가 아름다워야 한다고 말한다. 인생은 해우소다. 떠난 자리가 깨끗해야 한다. 질질 흘려서는 안 된다. 북망산 마지막 가는 길, 바짝 다가서야 한다. 미련 없이, 머뭇거리지 말고. 거개는 내 말에 고개를 끄덕인다.

죽음은 삶의 다른 경험들처럼 여러 번 해볼 수도, 미리 느껴볼 수도 없다. 죽음의 순간을 스스로 직면해 보지 않고서는 아무 것도 알 수 없다. 그러나 많은 이들이 죽음 직전에야 지난 삶을 아쉬워하고 후회한다.

"두려워 마세요. 어차피 다시 올 세상이에요. 하늘과 땅, 존재의 바다에만 귀 기울이세요. 저 구름이 볼 만하지요?"

"……."

다음 생에 우리가 무엇으로 만나든 또 재밌게 살자고 살아보자며 웃는다. 하늘과 땅, 바다와 나무와 풀들, 실컷 보아두라고 말한다. 언제 또 저 높은 하늘, 푸른 땅을 볼 것인가. 특히 남아서 더 살아야 하는 사랑하는 사람들을 안아주라 말한다. 그래서 생의 마지막 순간에 좀 아쉽고 미련은 남지만, 아름다웠노라, 행복했노라, 하라 한다. 마지막인데 무엇을 후회하고 무엇을 더 원할 것인가.

나의 역할 중 제사장의 역할이 있다. 임종 순간에 떠나는 이의 마음을 편하게 해주는 일이다.

두 사람의 말기 암환자가 있었다. 한 환자의 병실에 갔더니 이미 죽음이 가까이 와 있었다. 환자는 눈만 깜박이며 눈물만 흘린다. '님아, 님아' 하며 나직이 불러보지만 그저 침묵이 흐를 뿐이다.

"극락왕생을 빌어 드리겠습니다."

당신의 타고 남은 재가 기름이 될 것이라고, 손을 잡은 채 이어지

죽음이란 필요 없어진 옷을 벗는 것처럼 육체를 떠나는 것에 불과하다. 죽음은 다시 태어나기 위한 새로운 시작인 것이다. 아파하거나 슬퍼할 일이 아니라 윤회를 춤출 일이다. 우리 모두는 지구별의 순례자, 나그네다.

는 기도는 끝날 줄 모른다. 그렇게 이별을 지키는 시간들이다.

경우가 조금 다를 때도 있다. 또 다른 말기 암환자의 병실을 갔을 때다. 아직 죽음은 저만큼에 있는 듯, 스님 오셨느냐고 침대에서 벌떡 일어나, 링거 꽂은 두 손을 내민다.

"어? 스님한테 향냄새가 나네! 어 좋다."

나도 갑자기 기분이 좋아져서 농담부터 시작한다.

"뭐야? 노인네. 곧 죽는다고 해서 왔는데."

"스님, 너무 좋아하지 마래이. 내 곧 죽는단다."

"뭐야, 아직도 한참 더 살 거 같은데 뭐. 거사님 눈 보니까. 벽에 한참 더 벽화 그려야 될 거 같은데. 어디 손 좀 봐요."

손을 내민다.

"이거 봐라. 이게 생명선이다. 여까지 이어졌잖아. 저승사자가 오거든 못 간다고 전해. 죽어도 안 죽는다."

낄낄, 껄껄. 만행청류(漫行淸流)로 웃는다. 우리는 병실이라는 것도 잊은 채 "우리 최선을 다해 안 살았나? 다음 생에도 우리 차 한 잔 해야지?" 하고 너스레를 떨며 옛 이야기로 시간 가는 줄 모른다. 곧 죽을 사람한테 반말로 입을 조금 거칠게 놀린다. 시한부인생들, 안 죽는 사람이 어디 있는가? 살아 있으면 다 죽을 것을. 우리는 죽어가고 있는 것을.

그렇다, 재깍거리는 마지막 남은 존재의 시간 속에 나의 말 한마디는 죽어가는 이에게 때로 광명이 된다. 아무리 개꿈 같은 허튼소리라 해도. 나는 또 그렇게 얼마 남지 않은 그들과의 시간을 보내곤 한다.

그런데, 두 번째 문병 갔던 거사의 아들로부터 전화가 왔다. 죽음을 기다리던 아버지의 얼굴이 몰라보게 밝아졌다는 것이다. 이유는 내가 아직 죽을 때가 되지 않았다는 말 때문이란다. 아무 것도 드시지 않던 아버지가 죽을 먹고 주먹을 쥐었다 폈다, 발을 위아래로 움직이며 내가 시킨 대로 운동도 한다는 거였다.

뿐만 아니었다. 청소 하러 들어오는 이에게 천 원, 간병인에게 하루에 삼천 원씩 팁을 준다는 거다. 무뚝뚝하던 노인이 달라졌다는 거다. 아들에게 통장의 돈을 찾아오게 해서 손자손녀들이 올 때마다, "필요한 게 뭐고?" 하며 묻고 나서 "그거 얼마고?" 하며 돈을 준다는 거다. 노인이 오지 말라 해서, 아무도 오지 않던 병실은 매일 찾는 이들로 북적거리게 되었다고 한다. 그 거사는 그 후로 오 년을 더 살다가 죽었다. 짧은 만남 긴 이별이었다.

기실 누구나 병세가 차츰 악화되면 감정이 새로운 단계에 접어들게 된다. 우리는 나약하기 때문이다. 내가 열심히 살았다면 죽음은 두렵지 않다. 죽음이란 필요 없어진 옷을 벗는 것처럼 육체를 떠나는 것에 불과하다. 죽음은 다시 태어나기 위한 새로운 시작인 것이다. 아파하거나 슬퍼할 일이 아니라 윤회를 춤출 일이다. 우리 모두는 지구별의 순례자, 나그네다. 지구별로 소풍 왔으니 즐겁게 놀다 가는 것이다. 그러니 죽음도 행복한 것이다.

행복할 권리

행복과 불행의 차이는 바로 마음에 있다. 자신에게 주어진 일상 중, 조그마한 것에도 고마워하고 감사할 줄 알고 기도하는 사람은 행복한 사람이다. 반면에 자신의 놓인 상황과 조건을 따지며 불평불만을 터트리는 사람은 결코 행복할 수 없다. 행복이란 무엇인가. 몸과 마음의 욕망, 욕구가 충족되어 조금도 부족감이 없는 상태다. 그러나 욕망이나 욕구는 한도 끝도 없다.

교통사고를 당해 중환자실에 호흡기를 꽂고 누운 적이 있었다. 다행이 정신은 있어 옆의 환자들 이야기를 들을 수 있었다. 밤이었다.

"내일 아침에 깨어나 저 병실의 유리창으로 해가 뜨는 걸 볼 수 있었으면 좋겠어. 발칙한 생각일까?"

"…… 나두야. 그러면 참 좋겠어. 그랬으면……."

두 사람의 대화는 중환자실을 나오고 몇 년이 지난 지금까지 귀에 생생하게 남아 있다. 그때 속으로 "저도요" 했다. 한 사람은 암환자였고 한 사람은 간경화환자였다. 두 사람은 그러나 내 옆에서 죽어나갔다.

교통사고를 당해 불행하다고 여겼던 나는 병실을 나와 목발을 짚고 죽은 두 사람이 그렇게 그리워하던 햇살 아래를 걸을 때 나는 누구보다 두 사람에게 미안한 감정이 들었다. 불행이란 무엇인가. 행복하지 못함이다. 언제까지고 계속되는 불행은 없다.

다시 이 땅에 살게 되면서 나는 그만큼 세상의 아침을 소중히 여긴다. '아, 깨어났구나. 또 다른 아침이구나' 하는 까닭이다. 자고 일어나면, 나는 살아 있는가. 사지는 멀쩡한가. 그렇구나, 일어나 기도해야지, 하는 게 일상의 시작이다.

자기 일을 가지고 땀 흘리며 사는 사람들은 행복하다. 사랑이 충만한 이들은 더 행복하다. 더더욱 행복한 사람은 더 잘 살아보자는 희망을 갖고 사는 이들이다. 부모를 잘 섬긴다는 거나, 아내와 자식들을 아낀다는 거나, 희생하고 봉사하는 삶이 있는 이들이 그렇다. 인간에게 최상의 행복인 것이다.

행복한 사람들은 자신을 존중한다. 그러기에 다른 이도 존중한다. 스스로 겸손하며 작은 것에 만족하고 은혜롭게 여긴다. 분수를 지키며 공덕을 쌓는 일이다. 행복한 삶은 그래서 평화롭다.

이것이 상락아정(常樂我淨)이요, 깨달음 해탈 열반(涅槃)인 것이다. 불행은 순간적인 감정이고 행복은 일생 혹은 일정한 시기의 상태이다. 운명이니 숙명이니 하는 건 핑계다. 부조리한 세상과의 간극, 괴리, 연민 같은 것들은 차치하고라도 치열하게 살아 꿈꾸는 이들은 누구나 다 행복할 권리가 있다.

교통사고를 당해 불행하다고 여겼던 나는 병실을 나와 목발을 짚고 죽은 두 사람이 그렇게 그리워하던 햇살 아래를 걸을 때 나는 누구보다 두 사람에게 미안한 감정이 들었다, 불행이란 무엇인가, 행복하지 못함이다, 언제까지고 계속되는 불행은 없다,

전삼삼 후삼삼

삼 더하기 삼은 칠이다. 나는 셈에 약하다. 내 셈법은 좀 이상해서 잘 틀린다. 곱셈도 헷갈린다. 산에서는 셈할 일이 별로 없다. 그래도 가끔 해야 할 때가 있다. 그때 생각해본다.

우리는 십진법(十進法)을 쓴다. 십진법은 10을 기수로 한 기수법이다. 자리수로 0, 1, 2, 3, 4, 5, 6, 7, 8, 9를 쓴다. 십진법은 고대 이집트문명에서 나온 것으로 가장 많이 쓰이는 기수법이다. 이것은 인간의 손가락이 10개인 까닭이란다. 십진법과 자릿값(decimal and place value)이라고 초등학교 때 배운다. 바빌로니아는 60진법을 사용했으나, 0의 개념이 없고 띄어쓰기 문제 등으로 혼선이 있었다고 한다. 마야문명은 20진법을 사용했다 한다.

인류 문명의 발달과 함께 수와 도형의 개념은 자연스럽게 도입되었다. 단순한 개수, 즉 자연수에서 시작하여 점차로 유리수로 확장되어 연산과 순서가 도입되었다. 수와 비례 등의 도움으로 도형의 구조도 밝혀졌다. 현대 수학은 형식 논리를 이용해서 공리로 구성된 추상적 구조를 연구하는 학문으로 양, 구조, 공간, 변화 등 개념을 다루는 학문이다. 현대 수학은 형식 논리를 이용해서 공리로 구성된 추상적 구조를 연구하는 학문으로까지 발전했다. 현대 과학이 발전할 수 있는 근거는 이 수학의 발전이라 해도 과언이 아니다.

전삼삼 후삼삼. 불교적 해석은 삼삼은 일정한 수량이 아니고, 전과 후는 피(彼)・차(此)와 같으니, 전도 삼삼이요, 후도 삼삼이란 뜻으로 '피차가 같음'을 의미하는 말이다. 삼삼은 한없는 수량을 의미한다. 곧 전후삼삼이란 뜻은, 전과 후는 별로 중요한 것이 아니고, 무수 무한한 뜻을 표시한 말인데 세상 셈법하고는 다르다.

주인은 꿈에서 나그네와 말하고(主人夢說客)
나그네는 꿈속에서 주인과 말하네(客夢說主人)
말하는 이 꿈속의 두 나그네(今說二夢客)
역시 꿈속의 사람들이지(亦是夢中人)

— 청허 서산대사

옛날에 선문염송을 공부하는데 큰 사형이 선시 하나를 읊고 사제들에게 물었다.

삼 더하기 삼은 팔이다, 나도 아직은 나무는 보되, 숲은 보지 못하는 격이다, 전삼삼 후삼삼이다, 일이삼사로 가고 사삼이일로 올 뿐, 진흙은 푸른 돌 속의 뼈다, 어찌 연꽃을 피울 것인가, 저 바다에 타는 불, 저 바다의 거품을 다 태우리라,

"전삼삼 후삼삼에 대해 얘기해 봐라."

"스님, 다음 빙하기는 언제 시작되나요?"

나는 조심스레 되물었다. 여차하면 사형 스님이 들고 계시는 죽비로 머리통을 한 방 맞을 수도 있었다.

"한참 훗날에 시작될 때 시작된다. 얘기해 봐라."

"스님, 그러면 대폭발(Big Bang) 전에는 뭐가 있었을까요? 영원에서 어떻게 시간이 탄생했는지 아세요?"

내가 큰 사형에게 되물었다.

"…… 그래, 맞아. 나도 어렸을 땐 엄마 찌지를 먹고 싶었어. 다음?"

사형 스님이 나의 대답에 어깨를 탁 치시면서 옆으로 가라고 하시며 내 밑의 창백한 얼굴을 한 사제 스님에게 질문을 던졌다.

"35억 년에서 40억 년 사이에 생명이 일어났습니다."

뭐라고 대답할까, 귀를 쫑긋 세우고 궁금해 하던 우리는 쓰게 웃었

다. 사제는 눈을 깜박거리다가 생각 바꾸기를 못하고 내 대답의 연장선으로 대답을 한 것이다.

그때 큰 사형이 들고 계시던 죽비로 답하는 스님의 머리통을 탁 하고 소리 나게 내리치며 말했다.

"개똥같은 소리, 허공이 광대무변한지 누가 모르냐? 다시 일러라."

"게놈(유전자풀)을 진화시켜야 할까요? 말까요? 건강하고 아름다운 딸을 하나 갖고 싶습니다. 유전자 개조로 그 꿈을 이루고 싶습니다."

"지랄을 떨어요. 결혼은 하기 싫은데 이쁜 딸 하나는 낳고 싶다고. 에라이 이 순 도둑눔아. 다시 일러라."

"외계인은 어디에 있습니까? 1950년 로스알라모스 연구소는 외계인이 지구에 이미 식민지를 건설했다고 했습니다."

"지랄발광을 떨어요. 니가 외계인이다. 이 외계인 놈아. 다시 일러라."

지대방에 모여 앉은 우리들은 낄낄거리며 그 모양을 계속 바라봤다.

"윤회는 정말로 무작위적인가요? 윤회의 반복성을 확신할 수 없습니다."

"어이고, 염병을 떨어요. 다시 일러라. 전삼삼 후삼삼이라니깐."

"큰 사형님의 중력에 눌려 생각이 나질 않습니다. 전삼삼은 뉴턴과 아인슈타인이고 후삼삼은 '암흑지역(the dark sector)'입니다."

타악. 여지없이 죽비가 내려쳐졌다.

"아이고 이놈아 니놈이 바로 암흑지역이야. 네가 너를 가져다가 너의 가는 길에 줘봐봐. 깨닫지 못한 중 똥은 개도 안 물어 가."

큰 사형의 말씀에 모두 낄낄거렸다. 그러나 내게는 '암흑지역'이란 말이 한동안 귓바퀴를 맴돌았다.

삼 더하기 삼은 팔이다. 천억 개의 세포가 몰려 있다는 뇌. 나도 아직은 나무는 보되, 숲은 보지 못하는 격이다. 전삼삼 후삼삼이다. 일이 삼사로 가고 사삼이일로 올 뿐. 숨었다 나타났다, 여덟은 끝이 없다. 진흙은 푸른 돌 속의 뼈다. 어찌 연꽃을 피울 것인가. 저 바다에 타는 불, 저 바다의 거품을 다 태우리라.

나의 멘토는 간디

승려작가. 가끔 나는 법사로 나설 때가 있다. 무엇을 말할 것인가. 내가 무슨 법을 설(說)할 것인가. 글을 쓰는 스님이긴 하지만, 나는 말을 잘 꾸며 얘기하지 못한다. 생각은 있으나, 말은 잘 못하는 편이다. 누구도 자기가 하는 말이 다 뜻이 있어 하는 건 아닐 게다. 그럼에도 자기가 뜻하는 바를 모두 말하고 사는 사람은 거의 없다.

나의 멘토는 마하트마 간디였다.

"마치 내일 죽을 것처럼 살되, 영원히 살아갈 것처럼 배우라."

그러나 내가 간디와 다른 점도 있다. 위대한 영혼도 아니고 나서서 지도자가 되고 싶지도 않다. 그저 산 속에 사는 수행승, 수도승이면 족하다. 그런 면에서 나는 꿈을 이루었다. 오늘을 맞기 위해 매일매일 가슴 뛰는 삶을 살았다.

"기도에는 목소리가 아니라 진실이 필요하다."

등불이 되는 간디 선배의 말들을 되새기며 살았다. 그렇다. 나의 첫 번째 목표는 무주처, 무숙자에서 이 땅에 뿌리를 내리는 거였다. 그동안 난 주거부정의 세월을 살았다. 하여 머물기 위해 떠나왔던 길들. 머무는 데 성공했다. 그리고 작가가 되는 꿈을 꾸었다. 그렇다. 꿈을 이뤄서 행복하고 또 다른 꿈을 이루려고 달리는 지금이라서 행복하다. 간디, 그는 살기 위해, 봉사하기 위해, 또 가끔 즐기기 위해 먹은 적은 있어도 향락을 위해서는 몸과 마음을 움직이지 않았다. 나도 그랬다.

나는 기회가 되면 늘 간디를 언급한다. 기실 나는 간디만큼 배우지 못했다. 간디는 영국까지 가서 공부해 변호사가 되었지만, 중학교를 중퇴한 나는 그러지 못했다. 그러나 그건 내게 아무 상관이 없다. 공부가 다가 아니기 때문이다.

"세상을 변화시키고 싶다면, 당신부터 변화된 삶을 살아라."

간디 덕분이다. 앞으로 3년 후, 5년 후, 10년 후를 보고 살았다. 상구보리(上求菩提), 세상 사는 이유는 나를 즐겁게 하기 위해서였다. 하화중생(下化衆生)을 생각할 겨를이 없었다. 내가 나에게 등불이 되기에도 벅찼다. 내가 못 사는데 누구에게 무슨 말을 하여 교화할 수 있는가.

기도는 구하는 행위가 아니다. 기도는 영혼에 대한 갈망이다. 매일 자신의 나약함을 고백하는 것이다. 혼이 담기지 않은 기도문보다는, 혼이 담긴 침묵의 기도가 낫다.

나의 사명은 무엇인가? 일단 사는 거였다. 그것도 잘 사는 거였다.

간디처럼 매일 밤, 잠에 들 때마다 나는 죽었다. 그리고 매일 아침, 나는 새롭게 태어났다. 진실은 하나고, 진실에 이르는 길은 많다. 만일 잘못된 설계도로 집을 짓는다면 어떻게 될까. 밑그림, 설계도를 잘 그려야 한다. 꿈을 상상하는 사람은 오늘 하루가 다르다.

자등명(自燈明, 자신의 불을 밝히고), 함께 못 가도 같이 못 가도. 그 다음이 법등명(法燈明, 법의 불을 밝히고), 상구보리 하화중생의 길이다.

당신의 생각은 곧 당신이 내뱉는 말이 되고,
당신이 내뱉는 말은 곧 당신의 행동이 되고,
당신의 행동은 곧 당신의 습관이 되고,
당신의 습관은 곧 당신의 가치관이 되고,
당신의 가치관은 곧 당신의 운명이 된다.

간디처럼 매일 밤, 잠에 들 때마다 나는 죽었다. 그리고 매일 아침, 나는 새롭게 태어났다. 진실은 하나고, 진실에 이르는 길은 많다. 만일 잘못된 설계도로 집을 짓는다면 어떻게 될까. 밑그림, 설계도를 잘 그려야 한다. 꿈을 상상하는 사람은 오늘 하루가 다르다.

예전에 근처 대안학교에서 글을 쓰겠다는 학생이 내게 멘토가 되어달라며 일주일간 함께 지낸 적이 있다. 그 대안학교 프로그램의 일환으로 직접 멘토와 부대껴보는 생활을 권하는 거였다. 나는 웃으며, "글쎄 버틸 수 있을까요?" 하며 녀석을 지켜보기로 했다.

새벽 세 시 반에 일어나 밤 열 시에 자는 수도자의 생활. 그것은 내 선택이고 내 책임이다. 절제 균형 낙천의 삶. 그 학생은 그래도 잘 따라왔다. 물론 인센티브를 주었다. 기상시간을 여섯 시로 해주고 취침시간도 아홉 시로 해주었다. 그래도 죽을 맛인지, 무척 버거워했다. 어린 학생에겐 절 생활이 쉬운 일이 아니었다.

"가고 싶으면 언제든지 가거라. 견디지 못하겠다면 말이야."

나의 말은 차가웠다. 잘못된 거 하나를 덮어주면 수많은 시행착오를 겪어야 한다. 꿈과 목표를 이루기 위해, 이 땅에 살기 위해 고난을 헤쳐 나가지 못한다면 세상을 살아내지 못하는 것이다. 그 학생에게 마지막 날 "어땠니?" 하고 물었다.

"난 간디처럼, 스님처럼도 안 살래요. 그런데 산중생활 체험으로 게을리 살지는 않을 거 같아요."

그 대답을 들은 나는 웃었다. "그럼 다 버리고 홀로 가. 무소의 뿔처럼" 하는 나의 말에 학생도 함께 웃었다.

말은 말하는 사람의 의도대로 받아들여지지 않고 듣는 사람의 관심이나 습관, 태도에 따라 다르게 해석될 수 있다. 그 학생의 어머니는 유명한 아나운서였는데, 후에 고맙다는 전화를 받은 적 있다. 있는 그대로, 행동으로 보여준 것이 학생에게는 도움이 되었나 보다. 진실은 하나고, 진실에 이르는 길은 많다.

젖은 나무는 타지 않는다

삭발

이 세상에 태어난 사람치고 머리를 깎지 않는 사람은 없다. 부처님 집안에서는 대개 초하루나 보름날 새벽에 머리를 깎는다. 그리고 염색된 옷을 입는다. 이를 일러 '삭발염의'라 한다. 율장에도 있다.

출가 수행자라고 해서 꼭 머리를 깎아야 하는 건 아니다. 그러나 생각을 비우고 세속적인 번뇌를 단절한다는 뜻에서 머리와 수염을 깎는 것이고, 물들인 옷을 입는다.

머리카락을 절집에서는 무명초, 번뇌초, 망상초라 한다. 할 짓 못할 짓 다하는 속세적인 삶에의 집착과 오욕을 끊어낸다 하여 그렇게 부른다. 삭발염의는 어떻게 보고 어떻게 나아가야 하는가를 묵시한다.

그렇다. 문제는 다 탐(탐욕), 진(화냄), 치(어리석음)에서 비롯된다. 문제는 바로 내 안에 있는 것이다. 승속이 따로 없다. 옷 모양, 머리 모양에 마음을 두는 것은 무의미하다. 머리를 깎고 안 깎음, 승복을 입고 안 입음은 발심의 차이요 인연의 차이다. 세상 사는 것이 바로 수행이기 때문

머리 깎지 않은 이는 머리 깎은 이를 볼 것이요, 깎은 이는 깎지 않은 이를 보아야 할 것이다, 깎은 이는 산에서 이 몸이 어디서 왔는가, 이 승복이 어디서 왔는가, 이 밥이 어디서 왔는가, 하며 수행에 매진할 것이고 깎지 않은 이는 산 밑에서 그리할 것이다,

이다.

우리가 머리 깎음을 악한 행위를 하지 않고 좋은 업을 닦기 위한 행이라 할 때, 옛 선비들이 머리를 하루에 세 번 만졌다는 이야기를 되새길 필요가 있다. 또 잠시 한 생각 맑은 정신이 일어나 지난 날을 되돌아보며 반성한다는 회광반조 조고각하(廻光返照 照顧脚下)라는 말도 있다. 번뇌와 망상에 사로잡혔구나라는 생각이 든다면 머리를 만져보고 발밑을 보라. 그대는 어디에 서 있는가. 그대는 지금 어디로 향하는 것인가. 소리와 형상에서 속박을 풀라. 자유를 알고 참 해방, 참 삶을 사는 길은 오로지 나를 알고 마음을 갈고 닦아 정진할 일이다.

그래서 스님들의 검정, 회색, 괘색 승복은 세상과의 단절이라 한다. 스님들의 승복을 분소의(糞掃衣)라 하여 죽음을 상징하기도 하나, 법복(法服)이라 하여 부처님의 법에 대한 상징이다. 스님들의 삭발(削髮) 역시 세상과의 단절이다. 즉 절연(絶緣)을 의미한다. 여기서 세상과의 단절

이라 함은 살아 있는 이 세상과 세상 사람들과의 단절, 봉쇄를 의미함이 아니라 세속적인 것과의 단절을 의미한다.

머리 깎지 않은 이는 머리 깎은 이를 볼 것이요, 깎은 이는 깎지 않은 이를 보아야 한다. 깎은 이는 산에서 이 몸이 어디서 왔는가, 이 승복이 어디서 왔는가, 이 밥이 어디서 왔는가, 하며 수행에 매진할 것이고 깎지 않은 이는 산 밑에서 그리할 것이다. 촛불 켜고 향 사르는 마음으로 세상을 살아야 한다. 외모나 알량한 지식 같은 마음의 장식을 버리고 한 걸음 나아갈 때 분별, 차별의 마음이 사라질 것이다.

포행, 햇볕 바람에 몸을 말리는

세상을 살다보면 몸이 쑤실 때가 있다. 그냥, 공연히 다리에 쥐가 나거나 마비되어 몹시 아프기도 하다. 참선을 할 때면 이런 현상이 더욱 잦다. 당연히 집중이 어렵고 마음도 흐트러진다. 좌선의 목적은 평화와 기쁨, 깨달음을 얻고자 하는 것이지 신체적 고통을 견디려는 게 아니다. 다른 사람에게 방해가 되지 않는 선에서 발의 위치를 바꾸거나 허리를 상하좌우로 움직이면 도움이 될 때가 있다. 그래도 안 되면 일어난다. 좌선은 분명 몸이 받아들이기에 불편하고 부자연스런 방식이지만, 절에서 좌선은 생활의 일부이기도 하다.

좌선이 끝나면 어김없이 밖으로 나와 걷는다. 산책하는 것이다. 눈에 보이는 대로, 귀가 듣는 대로 햇볕과 바람에 몸과 마음을 널어놓는 것이다. 고운 햇살, 바람에 빨아서 널어놓은 빨래처럼 마음을 말리는 거다.

포행(布行)의 뜻은 좌선(坐禪) 중 졸음이나 피로한 심신을 풀기 위해 일정 시간 일정한 장소를 산책하듯 느린 걸음으로 걷는 걸 말한다. 그래서 가볍게 걷는다는 뜻으로 '경행(輕行)'이라고도 하고, 걸으면서 선을 한다 하여 '행선(行禪)'이라고도 한다. 그러므로 속세적 말로 풀면 포행은 '느릿느릿, 몸과 마음을 합쳐 천천히 걷는 운동' 즉 산책이라고도 할 수 있다.

포행 방법은 허리를 똑바로 세우고 배를 내밀지 않은 상태에서 턱을 당기고 목을 곧게 세운 채 자연스럽게 걷는다. 이때 눈은 전방 15도 정도를 향하고 발은 발뒤꿈치부터 땅에 닿게 걷는다. 선방 주변을 경행할 때 주로 이렇게 한다. 삐딱하게 걸어도 누가 뭐라 하는 이는 없지만, 대체로 스님들의 모습이 그러하다. 고요 끝에 오는 방선의 즐거움인 것을.

포행은 쉬었다 가자는 뜻을 담고 있다, 상황과 조절감, 들끓는 감정, 원한도 분노도 회한도 털어내는 것이다, 일테면 지옥에서 극락을 바라보는 것이다, 심지어 거기서 새어나오는 탄식까지, 그렇다, 이승 저승 어느 승이든 걷다보면 모든 나날들의 너울을 벗어던질 수 있다,

일단 선방을 나오면, 공동의 시간이 아니라 개인의 시간이 된다. 그래서 더욱 몸과 마음이 자유롭다. 흔히 '포행'이라고 하는 수행 중 매일 갖는 가벼운 산행 시간이 있는데, 이 포행길은 각자의 취향에 따라 정해진다. 정상을 향해 올라갔다가 내려오는 스님이 있는가 하면, 사찰을 한 바퀴 크게 돌아오는 길, 약수터나 전망이 좋은 길, 큰 바위가 있는 잘 알려진 길, 사람들이 전혀 다니지 않는 깊이 숨은 길, 혼자만 다니는 길, 도반들과 함께 다니는 길 등등 다양한 포행길이 존재한다. 어떤 스님들은 어느 수행처를 가더라도 자기만의 포행길을 개척해서 한가하고 조용한 수행의 시간을 갖기도 한다.

그래서 포행은 '쉬었다 가자'는 뜻을 담고 있다. 상황과 조절감, 들끓는 감정, 원한도 분노도 회한도 털어내는 것이다. 일테면 지옥에서 극락을 바라보는 것이다. 심지어 거기서 새어나오는 탄식까지.

그렇다. 이승 저승 어느 승이든 걷다보면 모든 나날들의 너울을 벗어던질 수 있다. 참선과 포행을 반복해보라. 잃는 것이 있으면 얻는 것도 있다. 슬픔 뒤에 기쁨도 온다. 세상 사는 것도 매한가지다. 어느 한 프로젝트를 향해 일사분란하게 가는 것. 그건 화두를 쫓아가는 것이다. 그러나 리듬을 가져야 한다. 완급조절이랄까. 밀어붙일 때는 밀어붙이고 쉴 때는 쉬어야 한다. 굴곡진 우리들의 생이고, 삶은 마음먹은 대로 되지 않는다. 세상이 내 맘 같지 않은 것이다.

사물이나 사건, 그 속에 내재된 화두와의 관계에서 지나간 것은 지나간 대로 두어야 한다. 오늘을 살아내야 한다. 과거에 얽매여 흘러간 사연이나 사건사고를 되돌릴 필요는 없다. 다만 현재하거나 앞으로 다가올 사연이나 존재는 내가 선택해야 한다. 이것이 화두를 잡는 일이다. 인생을 아름답게 여기면 아름다워지고, 가쁜 숨결로 고통스럽다고 여기면 고통스러워진다. 행복하다고 느끼는 만큼만 행복해진다고 하지 않았던가.

인생, 산다는 건 참선이고 수행이다. 고통이 따르게 마련이다. 화두를 풀어나가는 데 고통은 스승이다. 하루 종일 벽을 마주하고 앉아 있어보라. 부단한 자기연마와 끊임없는 방황, 그 끝에서 비로소 벽이 뚫릴 것이다.

침묵하는 것, 묵언하고 사는 건 무언(無言)과는 다르다. 말을 못해 입 다물고 있는 것이 아니기 때문이다. 행주좌와 어묵동정(行住坐臥 語默動靜) 침묵하고 관(觀)하는 건 관찰, 성찰, 통찰을 통해 자성과 본성을 밝혀 깨달음으로 가려 함이다.

시작과 끝에 내가 있다

1. 세계는 내 안에 있고 세계의 주인은 나다

내가 있다는 생각. 내면, 내가 나를 찾는 길의 시작이다. 나는 누구인가? 내가 나를 보면 내가 보인다. 내가 나를 만드는 것이다. 지각, 인지, 상상, 기대, 예상, 환상, 기억에서 꺼내지고 습득된 습관에 기여한다. 몸과 마음, 본래적인 나. 나의 부분부분이 하나의 전체를 이룬다. 원초적 본능. 여기까지는 애씀 없이도 이루어진다.

감각(awareness)은 원초적이다. 그것은 원래의 상태이며, 시작도 끝도 없고, 원인도 지지물도 없고, 부분도 변화도 없다. 그에 반해 의식(consciousness)은 접촉에 의해 존재하고, 하나의 마음에서 일어나는 반사이며, 이원성의 한 상태이다. 자각 없이는 어떤 의식도 있을 수 없지만, 의식 없이도 자각은 있을 수 있다.

깨달음이란 무지에서 시작된다. 내가 있다. 나는 산다. 이 세상의 실존자, 주인, 주인공이라는 마음에서.

2. 깨달음은 무지(無知)에서 시작된다

이뭣꼬(是甚麼). '나는 누구인가?' '이것은 무엇입니까?'

초대하지 않았어도 나는 저 세상으로부터 왔고 허락하지 않아도 이 세상을 떠나가야 한다.

일구(一口)를 일러 보시게. (놀아보자, 이거지. 나도 조금 놀 줄 아는 놈이다.)

나에게 한 물건이 있는데
머리도 없고 꼬리도 없다
이름도 없고 별칭도 없다
등도 없고 얼굴도 없다.

문 : 어떤 물건이 이렇게 왔는고?(什麽物恁麽來)

답 : 한 물건이라 해도 맞지 않습니다.(說似一物 則不中)

문 : 누가 그대에게 이렇게 오라 하였는고?(拖死屍句子)

무엇이 니 송장을 끌고 왔나, 이 말인기라. 무엇이 니 송장을 끌고 왔노? 한마디 일러라.

답 : (대답을 대신해서 오른주먹을 번쩍 들어보였다.)

문 : 다시 일러라.

순수한 존재 안에서 의식이 일어나고, 의식 안에서 세계가 나타나고 사라진다. 실존하는 모든 것은 내 안에 있고, 존재하는 모든 것은 나의 것이다. 모든 시작의 앞에, 모든 끝에 내가 있다.

답 : (대답을 대신해서 왼주먹을 번쩍 들어보였다.)

문 : 말로써 일러보아라.

답 : 아이고 아이고(倉天 倉天 倉天)

(도대체 무슨 개풀 뜯어먹는 소리인가? 홀로 태어나고 홀로 죽으며, 홀로 가고 홀로 오는데.)

하여튼, 부모미생전 본래면목(父母未生前 本來面目)은? 나는 무엇이었는가? 춘성 스님 말씀대로 나는 분명, 아버지 거시기 안에 있었고, 어머니 자궁 속에 있었던 건 맞는데. 과거의 나와 지금의 나는 서로 다른데.

…… 마음이 있는 한, 육신과 세계가 있다. 세계는 마음이 만든 것, 마음으로 둘러싸여 있고, 찰나적이고 개인적이며 기억이라는 끈에 매달려 있다. 어머니 속에 있을 때, 아버지 거시기에 있을 때 나는 기억이 나지 않는다.

순수한 존재 안에서 의식이 일어나고, 의식 안에서 세계가 나타나고 사라진다. 실존하는 모든 것은 내 안에 있고, 존재하는 모든 것은 나의 것이다. 모든 시작의 앞에, 모든 끝에 내가 있다.

묻는다(김밥 옆구리 터지는 소리지만). 내 눈에 보이지 않는 그대는 정녕 있는가?

天地在虛空 何必有東西 本是無南北 白雲無定處(천지재허공 하필유동서 본시무남북 백운무정처)

心處, 莫行心處路 莫坐無處功(심처, 막행심처로 막좌무처공) 하라, 하시니

泯心泯境息妄功夫也(민심민경식망공부야)라.

天地空 日月空(천지공 일월공)

휘황찬란한 달빛은 차갑고 마치 물처럼

하늘과 땅 세상 모두를 적신다.

선, 화두를 들라

선(禪)이란 무엇인가. 선은 발견이다. 참 나를 찾는 것이다. 나를 자각하여 구현하는 것이다. 나를 구명(究明)하여 깨달음으로 가는 길이다. 그 깨달음은 구경본각, 실로 생명의 근원적인 통일로서 대자유를 이루는 것이다. 이것을 견성(見性)이라고 하고, 작불(作佛)이라고도 한다. 불교도들이 늘 성불(成佛)하십시오, 하는 말이 바로 이 말이다.

선은 먼저 인즉시불(人卽是佛), '사람이 부처다'라는, '사람이 먼저'라는 생명사상에서 출발한다. 그렇다. 인즉시불이다. 사람의 마음이 곧 부처인 것이다. 심외무불(心外無佛)이다. 마음 밖에서 무엇을 찾겠는가. 화두를 든다 함은 마음을 찾아 진인(眞人), 참사람이 되고자 함이다.

새로운 무엇이 되기 위한 것이 아니다. 지금 나 이외의 무엇이 되지 않는 것, 다시 말하자면 무엇도 아닌 나 즉, 지금 나의 진면목을 밝히는 것이다. 그래서 선(禪)은 지금 여기를 벗어난 다른 것이 아닌 즉금의 내가 되는 것이다(禪非). 분별심이 없는 비사량(非思量)이 그렇고, 따지고 비교

하는 사량을 하지 않는 마음(非心)이 그러하며, 당체의 사량(卽思量)이 그렇고, 망상과 번뇌가 없는 생각(無念)이 그러하며, 현실 그 자체인 마음(卽心)이 그렇고, 사량을 초월하여 자각하고 작용하는 마음(平常心)이 그렇다.

만해 한용운 스님은 말했다. 선(禪)을 선(禪)이라고 하면 선(禪)이 아니다. 그러나 선(禪)이라는 것을 떠나서 따로 선(禪)이 있는 것이 아니다. 선(禪)이면서 선(禪)이 아니요 선(禪)이 아니면서 선(禪)인 것이 이른바 선(禪)이다.

참선(參禪)이란, 선정에 든다, 또는 고요함과 하나가 되는 것이다. 영원한 행복의 길, 화두를 드는 일이다. 참학(參學)하는 것, 선(禪)을 닦는 것이다. 자신이 본래 갖추고 있는 부처의 성품을 꿰뚫어 보기 위한 수행이다.

선(禪)은 불립문자(不立文字)를 강조한다. 그것은 개념의 실체화를 배척하는 것이지 문자를 사용하지 않는다는 뜻은 아니다. 본마음, 참 나를 찾아 마음을 열려는 것이다.

불립문자 교외별전 직지인심 견성성불(不立文字 教外別傳 直指人心 見性成佛) 즉, 말이나 글로 설명하지 않으며 경전이나 책으로 전하지 않는다 함은 곧 사람의 마음을 가리켜 본성을 보아 부처를 이루게 한다.

선(禪)은 장대로 달을 따려함이 아니다. 기존의 고정관념, 사유의 틀을 깨는 것이다. 변화와 혁신, 혁명을 도모하는 것이다. 전체 사유의 패

삶에 대해 절절히 갈구하는 이여, 진정 행복한 삶을 살고자 하는 이여, 혼신의 힘을 다해 이 세상을 사는 이여, 참선을 하라, 화두를 들라, 참선화두는 절간, 선방, 스님 네들의 소유가 아니다, 우리가 사는 이 세상이 바로 수행터요, 선방인 것이다,

러다임을 바꾼다. 발상의 전환이다. 역발상, 이것이 격외의 도리이다.

남들과는 달라야 한다. 여기서 남과 다르다하는 건 틀림, 편견, 오만함을 말하는 게 아니다. 우리들의 삶은 창의적이어야 하고 참신해야 한다. 인생은 내가 만들어간다. 사랑도 행복도 내가 만들고 내가 만든 세상 내가 누린다. 고만고만한 인생살이, 언제까지 우리 아등바등할 것인가. 보통, 평범한 마음에서는 결코 생각을 뒤집을 수 없다.

의심해야 한다. 사유해야 한다. 그 큰 의심이 돌발한 것이 바로 화두다. 어떻게 살 것인가. 나는 누구인가, 이것이 무엇인가, 고뇌 없이, 화두 없이 상구보리 하화중생, 자각각타는 불가능하다. 나는 이 무명, 깜깜함 속에 어디로 갈 것인가. 그렇다. 세상은 은산철벽이다. 그 벽을 뚫고자 하는 게 바로 관(觀)이다. 벽관이다. 벽이 문이다. 벽을 뚫어야 길을 만든다. 오류를 두려워하지 말라. 처음엔 호리유차 천지현격(毫釐有差 天地懸隔, 털끝만큼이라도 차이가 있다면 하늘과 땅의 간격으로 벌어진다)하더라도, 장님

코끼리 만지듯 더듬거려도. 구상유취, 입에 젖비린내 나더라도. 남의 말을 앵무새질 하지 말고 내 말을 내뱉어야 한다.

묻는다. 어떤 것이 해탈입니까?

답한다. 누가 너를 묶어 놓았느냐?

묻는다. 어떤 것이 정토입니까?

답한다. 누가 너를 더럽혔느냐?

묻는다. 어떤 것이 열반입니까?

답한다. 누가 생사를 너에게 지우더냐?

선(禪)은 내가 나에게 묻는 것이다. 알아차리고자 내가 나에게 대답하는 것이다. 그 누구도 우리의 인생을 대신 살아줄 수 없다. 바로 내가 이 세상의 주인공이다. 인생은 고(苦)가 아니다. 인생은 낙(樂)이다. 마음 한 바퀴 돌리면 지옥은 바로 극락이 된다. 어디서 와서 어디로 갈 것인가? 나는 행복으로 간다. 영원한 행복의 길은 없는가. 큰 의심, 분심, 신심을 가져야 한다. 깨달을 수 있다고 믿어야 깨닫게 되는 것이다. 나도 행복할 수 있다고 해야 행복해질 수 있는 것이다.

나는 안 돼. 재수 없어. 부유일생, 초로인생이니 하는 사구(死句)는 내뱉고 내뱉어봐야 무명칠통을 타파할 수 없다. 그런 깨닫지 못한 헛바닥은 독이 된다. 말이 씨가 되는 것이다.

선(禪)은 긍정이다. 내가 먼저 나를 인정해야 한다. 내가 나를 존중해야 한다. 분별망상, 갈애 때문에 고(苦)가 생기는 것이다. 화두를 든다 함은 상(相)을 여의어 적멸에 들고자 함이다. 두려워하지 마라.

세상은 가멸차다. 녹록하지 않다. 그러니 마음을 확실히 깨닫는 방법은 내가 나와 싸우는 방법뿐이다. 지피지기면 백전백승이다. 욕망을 놓으라. 집착에서 벗어나라. 백 사람과 싸워 이기기는 쉬우나, 정작 말만 앞세운 나를 내가 이기기 정말 힘들다.

참선하다 보면 입 열면 벌써 틀리고 생각이 움직이면 어긋날 것이다. 그래도 입을 열어야 한다. 시인이 한 편의 시를 쓰기 위해 수백 번 고쳐 쓰듯, 선정수행을 닦아야 증득할 수 있다. 그렇게 알음알이를 유발하지만 그 눈병 난, 선병(禪病)에 든 알음알이도 보리다. 비록 그 알음알이는 업장을 녹일 수도 없고 번뇌를 물리치고 자유로울 수도 없지만 마음을 확실히 깨닫는 길의 과정이다. 깨달음 그 궁극의 목표, 위아래로 꿰고 종횡으로 막힘이 없을 때, 그렇게 되기까지의 과정이 소중한 것이다.

삶에 대해 절절히 갈구하는 이여. 진정 행복한 삶을 살고자 하는 이여. 혼신의 힘을 다해 이 세상을 사는 이여. 참선을 하라. 화두를 들라. 참선화두는 절간, 선방, 스님네들의 소유가 아니다. 우리가 사는 이 세상이 바로 수행터요, 선방인 것이다.

업보

세상에 쉬운 게 하나도 없다. 세상 마음먹은 대로 되지 않는다. 누구나 업을 가지고 있다. 업이란 알면서도 또 자신도 모르게 짓는 악의 소행을 말한다. 누구나 자신이 업의 상속자다. 그 업이 나다. 업을 멈추는 길은 선(善)을 닦는 길이다.

소가 마신 물은 우유가 되고 독사가 마신 물은 독이 된다. 어찌된 일인가.

국가와 지역, 인종, 성별, 나이를 불문하고 같은 한 시대를 사는 사람들, 우리는 동업중생이다. 선인선과요 악인악과(善因善果 惡因惡果)다. 자작자수(自作自受)다. 지금의 나를 보라 어제의 내가 만들어 놓은 나다. 내일의 나를 보려면 지금 무엇을 어떻게 하고 있는가를 살피고, 지금 여기에 있는 나를 보라. 콩 심은 데 콩 나고, 팥 심으면 팥이 난다. 고통스런 삶에 끌려 다니지 말고 삶을 이끌어가는 주인이 되어야 한다. 내가 이 세상의 중심이다. 내가 이 세상의 주인인 것이다. 인생이라는 대하드라 마의 주인공은 바로 나다.

우리가 발 동동 구르며 산 세월. 감당해내기조차 힘든 삶 속에 아파하고 고민해야 한다. 길을 잃어보지 않은 이 누가 있겠는가. 이 땅에서 있는 사람치고 넘어지고 쓰러져 보지 않은 이가 있겠는가. 방황하고 절망하며 사는 게 인생이다. 단 한 번뿐인 생. 그러니 얼마나 소중한가.

행복도 내가 만들고 불행도 내가 만든다. 내게는 과보가 오지 않으리라 자만하며 악을 가볍게 여기지 말라. 물방울이 고여서 항아리를 채운다. 어리석은 자는 과보가 조금씩 쌓여서 악으로 가득 찰 것이다.

선업을 닦으면 업장을 녹일 수 있다. 선한 행위를 하면 우리가 깨끗해지는 것이다. 그러니 깨끗함과 더러움은 내게 달린 것. 아무도 나를 깨끗하게 해줄 수 없다. 내 인생은 내가 사는 것이다. 콩 심은 데 콩 나고 팥 심은 데는 팥 난다. 모든 것을 받아들여야 한다. 일체유심조라. 산하대지와 사생고락(死生苦樂)이 다 내 마음의 조작이다. 진실로 행복과 불행은 다른 사람이 만드는 것이 아니다.

잘 되면 내 탓이고 안 되면 조상 탓이라고, 운명이니 숙명이니 업보니 하고 말하는 건 다 핑계다. 삶의 의미, 행복은 돈 권력 지식 명예가 아니라 우리가 머무는 이 세상의 주인, 주인공이 되어 참 나로 행복을 누리는 것이다.

녹은 쇠에서 생겨 그 쇠를 녹슬게 하고 끝내는 녹여버린다. 우리

업의 힘에 굴복하여 희망과 노력을 포기한다면 그야말로 어리석은 사람이다, 주어진 조건과 환경을 긍정적으로 바라보아야 한다, 나는 언제부터 행복할 것인가가 아니라 지금 이 순간부터 우리는 행복해야 한다,

는 업에 따라 존재하지만 그 업에 속박, 계박 당해서는 안 된다. 수레바퀴가 말발굽을 따라가듯, 그림자가 몸을 따라가듯 업이란 것이 그러하지만, 그 업에 전제되거나 구속되어서도 안 된다. 우리는 그 업의 노예가 아니다. 우리는 스스로 그 업을 제어할 힘과 능력이 있다. 업의 힘에 굴복하여 희망과 노력을 포기한다면 그야말로 어리석은 사람이다. 주어진 조건과 환경을 긍정적으로 바라보아야 한다. 나는 언제부터 행복할 것인가가 아니라 지금 이 순간부터 우리는 행복해야 한다. 선한 생활과 청정한 생활로 스스로 업장을 소멸할 수 있다.

단 한번 뿐인 생, 인생이란 얼마나 짧고 소중한가.

선문답

선문답이란 부처님이 영산(靈山) 설법에서 말 없이 꽃을 들자, 제자 가섭(迦葉)이 그 뜻을 알았다는 데서 연유한 것이다. 이심전심(以心傳心), 즉 말을 통하지 않고 통하는 진리 또는 불립문자(不立文字), 즉 문자로 세울 수 없는 진리를 종지(宗旨)로 삼는 선종(禪宗)에서의 화두를 말한다.

참선자(參禪者)가 불법(佛法)의 진리(眞理)에 관(關)하여 고승 대덕(大德) 등이 선지식(善知識)과 참구(參究)하는 문답(問答)이다. 깨달음을 찾기 위하여 주고받는 대화로 화두에 대한 점검이다.

선문답은 언어도단(言語道斷)의 언어이다. 질문과 답변으로 되어 있다. 말할 길이 끊어졌다는 뜻으로, 어이가 없어 말하려 해도 말할 수 없음을 이르는 말이다. 말이 안 됨, 말이 막힘, 말할 수 없는 경지로 몰아붙여 사유하게 하는 선(禪)의 방법이다. 즉문즉답이다. 응축된 선어로 사량분별심이나 알음알이 지식에 의한 답변을 거부한다. 법거량 혹은 법담이라고도 한다. 논리나 상식, 지식을 초월한다. 직관적이고 역설적인 대화로 선리를 드러내고 지고의 깨달음을 추구하는 것이다. 은산철벽처럼 꽉 막힌 곳에서 모기가 쇠가죽을 뚫듯 한다.

그렇다. 선화(禪話)는 묻는 이에게 깨침을 주기 위한 점검이요, 심인(心印)으로의 인가다. 대개 격외(格外)의 물음이고 답이기에 선시(禪詩)인 경우가 많다. 은유와 상징이 심해서 주해(註解)가 붙지 않으면 일반인은 이해가 가지 않는 경우가 많다. 주해는 공안(公案)에 붙이는 짤막한 평(評)이다. 착어(着語)와 생각나는 대로의 단편적인 생각, 단상(斷想)을 붙여 후학들에게 선보이는 대표적인 선문집으로는 『선문염송』을 들 수 있다. 그밖에 『육조단경』, 『조주록』, 『벽암록』 기타 등등 수없이 많이 전해져 내려온다.

그렇다면 선어(禪語)를 한 번 보자. 선어는 곧바로 선시가 된다. 시(詩)란 절 사(寺) 자에 말씀 언(言) 자다. 절에서 쓰는 말을 시(詩)라고 할 수도 있는 것이다.

去去去中知 行行行裏覺(거거거중지 행행행리각)

가고 가고 가는 중에 알게 되고 행하고 행하고 또 행하는 가운데 깨닫게 된다.

선문답을 설명한다면……. 가령, 묻는다면(술에 물 타기지만)

“얼음이 녹으면 어떻게 되죠?”

"물이 되죠"라고 답하는 이가 있다면, 틀린 답은 아니다.

그러면 "얼음이 녹으면 어떻게 되는가?"

"봄이 옵니다"라고 답한다면, 시를 즐겨 읽는 사람이다.

다시 "얼음이 녹으면 어떻게 되죠?"

"너무 늦게 오신 그대 때문에 숨어 울었어요. 모두 쫓겨났어요" 한다면, 우리는 가객이라 부른다.

또 한 번 "얼음이 녹으면 어떻게 되죠?" 묻는다면, 얼굴 아래쪽에 찢어진 두 가죽, 입 안 열고 침묵하던가, 눈을 한 번 홱 흘기든가, 가소롭다는 양, 친절하지 못하게 "꺼져, 씨불(是佛)아"라던가.

그래도 간절히 묻는다면, …… 비록 듣지 못하는 귀라 하더라도, "목인(木人)이 한밤중에 검정 고무신을 질질 끌고 떠났으니 돌계집이 곧 애를 낳을 것입니다" 한다면 선문답이 되는 것이다.

육조 혜능(慧能)이 16년간의 고행을 마치고 광주 법성사로 향할 때, 그때 학승(學僧 : 배우는 승려)들이 두 패로 나누어 입씨름을 하고 있었다.

"저건 깃발이 펄럭이는 것일세."

"아닐세. 저건 바람이 깃발을 움직이는 것이니 바람이 펄럭이는 것일세."

한 쪽은 바람이 움직인다 하고 다른 쪽은 깃발이 움직인다 하며 결론이 나지 않았다. 아마 밖에 세워놓은 깃발이 바람에 움직였나 보다.

언어도단(言語道斷)의 언어이다, 말이 안 됨, 말이 막힘, 말할 수 없는 경지로 몰아붙여 사유하게 하는 선(禪)의 방법이다, 즉문즉답이다, 논리나 상식, 지식을 초월한다, 은산철벽처럼 꽉 막힌 곳에서 모기가 쇠가죽을 뚫듯 한다,

무리는 둘로 나뉘었다. 그리고 그들의 논쟁은 시간이 흐를수록 더욱 치열해져 마침내 언쟁으로 발전하고 있었다. 혜능은 그들의 언쟁을 한참 동안 지켜보았다. 그러나 그들은 도저히 타협점을 찾지 못하는 듯했다. 그래서 혜능이 나섰다.

"그건 깃발이 펄럭이는 것도 아니고, 바람이 펄럭이는 것도 아닙니다."

한참 동안 언쟁을 벌이고 있던 무리들은 혜능의 이 말에 일제히 말을 멈췄다. 그리고 혜능을 향해 시선을 돌렸다.

"그러면 당신은 무엇이 펄럭인다고 생각하십니까? 깃발도 바람도 아니면 도대체 무엇이냔 말이오?"

혜능이 답한다.

바람이 움직이는 것도 아니요(不是風動)

깃발이 움직이는 것도 아니요(不是幡動)
너희들의 마음이 움직이는 것이다(人者心動)

"펄럭이는 것은 당신들이 마음이지요."

무리들의 입에서 탄성이 흘러나왔다.

"당신은 도대체 누구요?"

"그냥 지금 여기에 있는 사람입니다."

바람이냐 깃발이냐 풍번문답(風幡問答)이라는 선문답이다. 모든 문제는 마음에서 일어나 마음에서 해결된다.

제대로 잘 살아보자는 뜻, 공양

절에서는 밥 먹는 걸 공양이라 한다. 그 뜻을 얘기한다면 불법승 삼보(三寶)에 대해서 공경하는 마음으로 공물(供物)을 올린다. 일반적으로 부처님께 마음으로 공양하는 것을 불공(佛供), 부모에게 공양하는 것을 부모공(父母供), 스승에게 공양하는 것을 사공(師供)이라 한다.

처처시불 사사불공(處處是佛 事事佛供)에서 온 말이다. 사바세계를 포함한 우주공간 어디라도 부처님이 아니 계신 곳이 없으며, 우주만물의 생명 그 자체가 바로 부처님이다. 공경하는 마음과 성실한 자세, 그리고 봉사와 희생정신으로 최선을 다하는 몸가짐이 부처님께 드리는 공양이다. 즉 이 세상을 열심히 사는 게 공양인 것이다. 공양하는 사람을 공양주(供養主), 공양의 의의를 기록한 것을 공양문(供養文)이라고 한다. 불교에서는 이 사바세계를 불법승 삼보라 한다.

부처란 무엇이고, 또 누구인가. 깨달은 이를 부처라 한다. 그렇다. 인즉시불(人卽是佛)이라, 바로 사람이 부처다. 사람이 사람인 것은 생각과 감정을 가지고 있기 때문이다. 쌀이 밥이 되는 건 누군가 쌀을 씻어 밥을 안치기 때문이다. 밥을 차려 함께 먹는 건 누군가 밥을 짓기 때문이고, 누군가 농사를 짓기 때문이다.

이 음식이 어디서 왔는가(計功多小 量彼來處)
내 덕행으로는 받기가 부끄럽네(忖己德行 全缺應供)
마음의 온갖 허물을 모두 버리고(防心離過 貪等爲宗)
육신을 지탱하는 약으로 알아(正思良藥 爲療形枯)
수행을 이루고자 이 공양을 받습니다.(爲成道業 應受此食)

요즘은 한글로 된 공양게를 외우기도 한다.

한 방울의 물에도 천지의 은혜가 깃들어 있고
한 톨의 밥에도 만인의 노고가 스며 있으며
한 올의 실타래 속에도 베 짜는 이의 피땀이 서려 있다
이 물을 마시고 이 음식을 먹고
이 옷을 입고 부지런히 수행정진하여
괴로움이 없는 사람
자유로운 사람이 되어

일체중생의 은혜에 보답하겠습니다.

스님들이 밥 먹기 전에 외우는 공양게를 살펴보았다. 식물은 땅에 뿌리를 내려 잎으로 탄소동화작용을 하여 영양분을 섭취하지만 인간인 사람은 하루 세 끼 밥을 먹어야 한다. 사람 스스로 영양분을 만들어 낼 수 없으니 섭취해야 한다. 그러므로 소화와 배설은 생존의 조건인 것이다.

우리가 밥을 먹는다 함은 우주를 먹고 자란 쌀 한 톨이 내 몸을 거쳐 다시 우주로 돌아가는 것이다. 소가 마시는 물은 우유가 되고 독사는 똑같은 물을 마시고 독을 만든다.

사람은 무엇을 만들까. 사람은 사랑을 만든다. 자비를 만든다. 우리는 지구별에 온 나그네다. 밥을 먹으면서도 마음의 온갖 욕심을 버리고 깨닫고자 하는 것. 그것이 바로 밥을 먹고 깨달음을 만드는 것이다.

행자 시절, 은사 스님은 허겁지겁 밥 먹는 걸 보고 내게 말씀하셨다. 세상 사는 게 바로 불공이라고.

"천천히 씹어서 공손히 먹어라. 봄에서 한여름, 가을까지 그 여러 날 비바람 땡볕으로 익어온 쌀 아이가. 그렇게 허겁지겁 삼켜버리면 어느 틈에 고마운 마음이 들것는감? 사람이 고마움을 모르면 그건 사람이 아닌 거여."

네가 먹는 건 굶주린 이가 아껴 시주한 것이고, 네가 마시는 물은 목마른 이가 참고 시주한 것이다. 시은이 무서운 줄 알아라. 그러니 먹고 마시고 열심히 공부하여 굶주린 이, 목마른 이들에게 갚아라.

하여, 절간에서 공양에 관한 게송 중에 으뜸인 게송이 또 하나 있다.

성 안 내는 그 얼굴이 참다운 공양구요(面上無嗔供養具)
아름다운 말 한마디 미묘한 향이로다(口裡無嗔吐妙香)
깨끗해 티가 없는 진실한 그 마음이(心裡無嗔是珍寶)
언제나 변함없는 부처님 마음일세.(無垢無染是眞常)

게송에서 보면 물 한 방울도 아낀다. 음식을 받아먹고 깨달음을 이루겠다고 한다. 아껴 쓰고 나눠 쓰고 바꿔 쓰고 다시 쓰자는 것이다. 절대 궁상떨자는 게 아니다.

여기서 우리는 생명과 평화의 사상을 읽을 수 있다. 남녀노소를 따지지 않고 스님들은 똑같이 나누어 먹는다. 이것이 바로 평등사심이다. 또 한솥밥을 먹는다. 이건 공동체 사상이다. 공양 후에는 그릇까지 씻어 그 설거지물을 먹는다. 청결이다. 또한 먹을 만큼만 먹고 남기지 않는다. 이걸 청빈이라 한다.

"네가 먹는 건 굶주린 이가 아껴 시주한 것이고, 네가 마시는 물은 목마른 이가 참고 시주한 것이다. 시은이 무서운 줄 알아라. 그러니 먹고 마시고 열심히 공부하여 굶주린 이, 목마른 이들에게 갚아라."

은사 스님의 그 말에 나는 한동안 아무 것도 먹지 못 하고 괴로워한 적이 있다. 그렇게 스님들은 시주로 지은 밥을 먹으면서 불도를 이루어 널리 중생에게 보답하겠다는 각오를 새로 다지는 것이다. 밥 한 끼 먹으며 생각해보자. 좀 더 잘 살아보자고. 아니, 제대로 살아보자고. 제대로 잘 사는 게 수행이라고.

화두

화두(話頭)란 말이라는 뜻이다. 말(言)의 머리다. 견성의 방편으로 공안(公案)이라고도 하며, 주로 선사들이 문답한 일화 가운데 그 뜻이 분명히 드러나지 않은 말이나 행위를 가지고 하나의 문제로 삼는 것이다.

화두를 든다(擧話) 혹은 화두를 튼다, 본다, 살핀다(看話) 하는 말은 화두를 문제로 삼는다는 말이고, '화두 위에서 의심을 부순다(話頭上破疑)' 혹은 '화두를 깨닫는다(悟話)' 혹은 '화두를 뚫어낸다, 타파한다(透話)'는 말은 그 문제가 풀렸다는 말이다.

화두의 문제가 풀렸다는 것은 곧 화두의 본질을 파악했다는 말이며, 화두의 본질을 파악했다는 말은 곧 마음의 본성(本性)을 파악했다는 말이다. 그 말은 곧 한소식, 생명을 얻고 자유를 구가하며 깨달음, 해탈, 해방, 평화를 얻었다는 말이다.

우리들의 화두는 대우주(세계, 세상)의 생명이다. 생명의 삶이다. 평화다. 깨달음이다.

『아함경』에 보면 선지식(善知識)은 사람들을 인도하여 일체지(一切智)로 가게 하는 문이며, 수레이며 배이며 횃불이며 길이며 다리, 라고 되어 있다. 선지식은 목적지에 대해 잘 알고 있고, 목적지까지 가는 길을 잘 알고 있는 사람이다. 낯선 인생길을 가는 나그네에겐 이정표나 안내자가 필요하듯이 마음 길을 찾아나서는 구도의 여정에 스승의 지도나 안내는 필요하다.

그렇다면 누가 선지식인가?

나(한 생명)는 너(한 생명)의. 너는 나의. 우리(세계, cosmos)는 서로 생명(화엄)의 바다를 건너는 선지식이다. 선지식은 앞선 생명을 살다간 이고 앞선 자유(깨달음), 평화(해탈)를 누리고 간 사람이다.

나를 알려면 먼저 내 자신의 언행이 어떠한지를 보아야만 한다. 세계 속에 참나(생명, 자성, 진리)를 찾는 것은 탐진치를 여의는 일이다. 내 수행(생명활동)은 어머니도 아버지도 부처도 못 도와준다. 수행이라 함은 만법을 통합하여 생명의 한 마음을 밝히는 것이다. 이것이 길 없는 길, 문 없는 문, 선문(禪門)으로 들어서는 길이요. 니르바나, 화엄의 꽃을 피우는 일이다. 니르바나로 가는 길이다. 평화(해탈)로 가는 길. '입차문내 막존지해(入此門內 莫存知解)'라는.

선문(禪門)에 들어서는 순간 모든 알음알이를 내려놓으라는 뜻이다. 참선(생명) 공부란 근본을 확실히 파악하여 분명한 지혜를 갖추어야 하는 것이지, 일시적으로 좋게 느껴지는 정서적인 만족감이 아니다. 선문(禪門)에 들어선다 함은 내 삶의 방식을 바꾸겠다는 의식의 대전환이요, 의지의 표현이다. 즉 선은 취사선택(取捨選擇)의 행위를 통하여 얻어지는 것이 아니고, 진실을 깨닫고자 하는 것이다. 내 불성, 내 자성을 보겠다는 의지인 것이다. 선문(禪門, 거듭 태어난 생명의 문)에 들어선다고 다 성불할 수 있다고는 말하지 못 하겠다. 그러나 나는 지금 이 자리에서 나는 그대에게 생명의 선문(禪門)에 들라 권한다.

1. 불성적(佛性的) 대우주론(大宇宙論, 화엄의 세계)

우주(宇宙). 우주는 존재하는 모든 것의 총체라 정의할 수 있다. 표준국어대사전은 무한한 시간과 만물을 포함하고 있는 끝없는 공간의 총체로 정의하고 있다. 물리학과 같은 자연과학은 우주를 존재하는 모든 물질과 에너지, 그리고 사건이 일어나는 배경이 되는 시공간의 총체로서 정의한다.

한자어 우주(宇宙)의 대표적인 출처는 『천자문』이다. 경우에 따라 천지(天地) 등의 낱말이 우주와 같은 의미로 사용된다. 라틴어 우니베르줌(universum)은 유럽의 여러 언어에서 우주를 가리키는 낱말의 어원이 되었다.

한편, 고대 그리스어 코스모스(κόσμος) 역시 우주를 가리키는 낱말로서 사용된다. 코스모스는 라틴어의 우니베르줌이 단순히 '온누리'를 뜻하는 것과 달리 질서를 갖는 체계로서의 우주를 뜻한다는 점에서 다른 언어로 대체하기 어려운 독특한 개념이다. 천체를 포함한 우주 전체를 코스모스로 처음 지칭한 사람은 피타고라스이다.

여기에 한 물건(一物)이 있는데, 본래부터 한없이 밝고 신령스러워 일찍이 나지도 않았고 죽지도 않으며, 이름 지을 수도 없고 모양을 그릴 수도 없다(화두). 한 물건이 있으나 이름도 없고 모양도 없되 무한과거와 무한미래를 관통하고 있다. 작은 먼지에 있지만 시방세계를 다 에워싸고 있으며 안으로 온갖 미묘 불가사의한 재주를 다 가지고 있고, 밖으로는 모든 사물, 모든 변화에 잘도 맞추며 감지할 줄 안다. 하늘에나 땅에나 사람에게 있어서나 언제나 주인이며 세상물건 세상변화에 늘 왕 노

화두의 문제가 풀렸다는 것은 곧 화두의 본질을 파악했다는 말이며, 화두의 본질을 파악했다는 말은 곧 마음의 본성을 파악했다는 말이다. 그 말은 곧 한소식, 생명을 얻고 자유를 구가하며 깨달음, 해탈, 해방, 평화를 얻었다는 말이다.

릇을 한다. 텅 비고 넓어서 어디에 비할 데가 없고 높고 우뚝하여 참 신기하고 신기하다(함허 스님).

2. 중생(衆生), 자성적(自性的) 소우주론(小宇宙論)

사물은 유정(有情, 생명이 있는 것들)과 무정(無情, 무생물)으로 나뉜다.

대표적인 사물, 인간[人間, 인류학, human being]은 철학사에서, 생물학적 현상이나 사회적 현상으로 또는 종교적, 인격적, 이성적인 것으로 이해되는 존재이다.

인간의 고유한 특징으로는 영혼, 사유, 노동, 유희, 소비, 도덕 등이 제시되었다. 고대 그리스철학은 세계와 우주의 본질을 탐구했는데 이러한 존재 질서에서 인간은 중심 위치를 차지했다. 인간은 자연의 한 부분이지만 인간의 본질은 영혼이다. 신화적 종교적 세계관에서는 영혼이 천상에서 물질세계로 추방되어 육체에 갇혀 있지만 세계보다 참된 것이라고 보았으며 여기에서 이원론적 사고가 마련되었다.

만 가지 법이 하나로 돌아가는데(萬法歸一)

하나는 어디로 돌아가는가.(一歸何處)

—『벽암록』

조주종심(趙州從諗, 778~897년) 선사는 고불(古佛)이라는 말을 듣는 천하의 명종장이다. 이 공안은 조주 스님의 말씀인데, 선요에서 고봉 스님이 여러 번 거론하여 우리나라에도 이 화두로 공부하는 선객들이 많다. 『조주록』, 『조당집』, 『전등록』, 『벽암록』 등에 모두 실려 있는 유명한 화두다.

한 스님이 조주 스님에게 물었다. "모든 것이 하나로 돌아가는데, 그 하나는 어디로 돌아갑니까?" 조주 스님이 대답하였다. "나는 청주에 있을 때 베적삼 하나를 만들었는데, 그 무게가 일곱 근이었다."

만법이란 한마디로 모든 존재를 말한다. 일체의 사물이나 사건을 함께 일컫는다. 우주 삼라만상과 일체 만물과 삼라만상에서 벌어지는 일체 크고 작은 일들, 즉 겨울이 가고 봄이 오면서 날씨가 따뜻하여 온갖 새싹이 돋는 일과 바람이 불고 비가 내리는 일 등등 일체사가 다 포함된다.

어디로 돌아가는가? 바로 마음이다. 생명, 살아 있음이다. 생명을 누림이다.

불교적 생명관은 대체로 미망에 사로잡인 뭇 생명(중생)들의 생사(生死) 세계가 고통과 번뇌로 점철되는 윤회(輪廻) 세계이다. 아울러 생사의 고통과 윤회로부터 해탈 및 열반으로 상징되는 바, 영원한 생명의 깨침과 극락(極樂) 세계에 도달하는 방법을 즉 수행, 세계와의 만남과 나눔의 생명활동이라 한다.

생명의 지속적인 변화 현상과 아울러 영원히 불변하는 실상을 깨치며, 뭇 생명 및 우주의 본질에 대한 해명과 아울러, 미혹한 제약과 그 한계를 초월하여 완전한 자유 평화 깨달음을 지향하는 것이다. 상구보리 하화중생(上求菩提 下火衆生) 위로는 깨달음의 도리를 찾고 아래로는 중생을 제도하려함이다.

다시 말한다면 나눔의 생명 즉 제악막작 중선봉행(諸惡莫作 衆善奉行)이다. 악한 일 행하지 말고 자기의 마음을 청정히 하여 선행을 받들어 실천하고자 하는 뜻이다. 진리와 정의를 실천하는 궁극적 목표는 성불과 정토의 실현으로서 개체와 전체의 완전한 해탈, 평화(열반) 생명을 성취함이다.

그대 깔고 앉은 자리가 명당이다

터는 집 같은 건축물이나 다리, 운동장 같은 토목공사를 하는 자리, 땅을 말한다. 집을 지으려면 그 어떤 땅이든 터를 다진다. 다리나 운동장도 마찬가지다.

사람들이 산을 오를 때 아무 곳에서나 쉬지 않는다. 본능적으로 넓게 시야가 트인 곳이나 산 아래가 훤히 내려다보이는 곳을 찾아 앉아서 쉰다. 그곳이 바로 명당이다.

흉당이란 어떤 곳인가. 마찬가지다. 산을 오르다 오줌이 마려울 때가 있다. 이 또한 아무 곳에서 소변을 보지 않는다. 사람이 안 보이는 곳, 음하고 습한 곳을 찾아 급한 것을 해결한다. 그런데, "스님 어디가 명당이에요?" 하고 참으로 어리석은 질문을 간혹 받곤 한다.

"수처작주 입처개진(隨處作主 立處皆眞) 하면 그대 깔고 앉은 자리가 벼랑이든 자갈밭이든 모래톱이든 지금 그대의 자리가 바로 명당입니다."

사람들이 물으면 난 그렇게 대답한다. 사람들은 아주 좋은 묏자리나 집터에 지나치게 관심이 많다. 살아서는 좋은 환경을 갖춘 집 자리에서 살기를 원하고, 죽어서는 땅의 기운을 얻어 영원히 살기를 원한다. 인지상정이고 사람인 탓이다.

사람들의 그런 바람을 담은 것이 풍수지리인데, 그 원리에 따라 실제의 땅을 해석하는 방법으로 간룡법(看龍法), 장풍법(藏風法), 득수법(得水法), 정혈법(定穴法), 좌향론(坐向論), 형국론(形局論) 등이 있다. 하늘과 산, 그리고 땅, 물과 바람, 달과 별의 운행을 보는 것이다.

명당을 우리는 대길지, 금시발복지지, 제왕지지라고 한다. 국가를 새로 세울 때 풍수지리설에 입각하여 명당자리에 도읍을 정하였던 예가 고려의 개경(開京) 정도(定都)와 조선의 한양 천도이다. 이 경우 명당은 도성 안을 가리키는데, 땅을 보는 범위에 따라 명당의 범위도 달라질 수밖에 없다. 개천에서 용이 날 수 없다. 역사상 이름난 명문거족이나 영웅

나에게 명당을 묻지 말라. 발복(發福)되는 신비한 땅은 없다. 어떻게 사는가, 어떻게 하면 행복한가를 물으라. 명당, 풍수에 현혹하는 건 운명에 체념하는 것이다. 해가 뜨고 해가 지는 곳이라면 이 땅 어디라도 다 명당이다.

들이 영화를 누린 것이 명당에서 태어나고 자랐기 때문에 생명력이 강했다고 믿는다.

그렇듯 풍수란 사람이 살기에 적합한가, 조화로운가를 보는 것이다. 풍수지리의 풍수도 이 장풍득수에서 따온 것이다. 풍수지리 기본 중의 기본이 되는 원리다. 사람과 자연이 조화롭게 이루어진 땅이야말로 평화로운 땅이 되는 것이다.

풍수의 조건을 보면 첫째가 임수배산(臨水背山)이다. 임수배산을 보국이라 하여 산들이 둘러진 집터가 풍수지리상, 좌청룡 우백호 - 청룡(靑龍, 東), 백호(白虎, 西), 주작(朱雀, 南), 현무(玄武, 北) - 임수배산에 재물복이 터져 부자가 될 기운이 넘친다 한다.

전저후고(前低後高)로 길에서 정원을 들어설 때 1미터 가량 올라가고, 정원에서 1.2미터 높게 건물을 지어야 영웅호걸이 배출된다. 전착후관(前窄後寬)은 들어가는 곳은 좁으나 들어가서는 넓은 곳. 동출서류(東出西流), 마을 앞으로 동쪽에서 서쪽으로 천이 흐르는 걸 말한다. 산사람의 집을 양택이라 하고 죽은 이의 집을 음택이라 한다. 손등은 음택을 보는 것이요, 손바닥은 양택을 의미한다.

흔히, 대한민국의 지기는 백두산의 정기에 따라 내려와 백두대간 즉 태백산맥의 등줄기로 퍼진다. 그런데 구석구석 소위 명당이라는 자리는 이미 많은 것을 가진 이들이 다 차지하고 있다. 명당을 찾으려는 마음을 모르는 건 아니지만, 모든 건 다 마음이다.

이제 나에게 명당을 묻지 말라. 발복(發福)되는 신비한 땅은 없다. 어떻게 사는가, 어떻게 하면 행복한가를 물으라. 명당, 풍수에 연연하는 건 운명에 체념하는 것이다. 해가 뜨고 해가 지는 곳이라면 이 땅 어디라도 다 명당이다.

손에 상처가 없으면 독을 만질 수 있다. 독은 상처 없는 이에게 해를 끼치지 않는다. 명당은 어디에 있는가. 내 마음이 편한 곳이 바로 명당이다. 앉은 자리가 가시방석이다 싶으면 그 자리는 명당이 아니다. 그러나 지혜로운 이는 가시방석도 꽃방석으로 만들 줄 알아야 한다. 아주 현명한 명당 구분법이다.

소대와 헌식

절에 가면 명부전 옆에 작은 조형물이 하나씩 있다. 흔히 절에서는 이를 두고 '소대(燒臺)'라고 부른다. 여러 가지를 태우는 곳이다. 이 소대는 쓰레기 등을 태우는 곳이 아니다. 절에서 망자의 극락왕생을 비는 사십구제나 천도재를 마친 후에 그때 사용한 각종 번이나 망자의 흔적을 태우는 곳이다. 한마디로 소각로다. 이곳에서는 재를 지낸 다음 위패나 망자가 꼬깃꼬깃 소지했던 물건 혹은 옷가지와 신발 등을 태우게 된다.

그렇게 망자가 일생을 거쳐간 물건들을 태우는 건, 죽은 이가 눈앞에서 사라지지만 없어지는 것은 아니라는 사상 때문이다. 무(無)와 공(空)으로 돌아갔을 뿐이라는 얘기다. 죽음까지도 육법공양(六法供養, 향 초 꽃 과일 차 등을 부처님께 올리는 일)이라는 불교사상이다.

불교에서 죽음의례는 태움과 밀접하게 관련되어 있다. 화장으로 이승에서 즐겨 사용하던 육신을 태우고, 관욕에서는 망자의 옷이 해탈복으로 변했음을 나타내고자 지의(紙衣)를 태우는가 하면, 소대에서 가시적 해탈복에 해당하는 새 한복마저 태워 무로 돌림으로써 망자와 망자를 나타내는 중요한 종교적 상징물들을 거듭 태우고 있는 것이다.

원왕생 원왕생 원생극락 견미타 획몽마정 수기별
(願往生 願往生 願生極樂見彌陀 獲蒙摩頂受記別)
원왕생 원왕생 원재미타 회중좌 수집향화 상공양
(願往生 願往生 願在彌陀會中坐 手執香華常供養)
원왕생 원왕생 원생화장 연화계 자타일시 성불도
(願往生 願往生 願生華藏蓮花界 自他一時成佛道)

"오늘의 죽음으로 저희 중생들의 죄와 업을 소멸하길 발원하옵니다. 세세생생 바른 길로 부처님의 법을 깨쳐 일생의 모든 지혜 복락을 이루게 하소서."

몸으로써 이승의 인연을 다하고 영혼으로 끄덕끄덕 저 세상으로 건너가는 이의 궤적을 불태워 없애는 게 아니다. 우리도 갈 곳으로 먼저 보내는 것이다. 없앰이 무화(無化)시키는 것이라면 보냄은 극락으로 먼저 가 계시라는 거다.

육신을 화장하는 것, 몸을 불 속에 넣는 것, 몇 만 개의 밤을 태우

살아남은 자들이 죽은 자를 두고 화합과 결속을 다짐하는 것이다. 주검을 태우는 불꽃, 망자의 못 다한 욕망의 불꽃을 보면서 주검을 태우는 불꽃보다 욕망의 불꽃이 더 무서운 것임을 일깨우면서, 철저한 무상을 절감하는 가운데 삶을 직시하라는 가르침이다.

고 그의 원(怨)과 한(恨)을 태우는 것은 무(無)와 공(空)의 상태로 돌아갔음을 뜻하며, 이승에 대한 영가의 미련과 집착을 끊기 위함이다. 삶이란 잔치를 끝내고 죽은 자가 스스로 자기의 시신에 불을 댕길 수는 없다. 산 자, 살아남은 자들이 행하는 의식이다.

스님들은 영가에게 다시 염불한다.

처세간여허공 여련화불착수 심청청초어피 계수례무상존
(處世間如虛空 如蓮華不著水 心淸淸超於彼 稽首禮無上尊)

"영가여. 지금까지 산 공덕으로 이승의 애착을 끊었는지, 만약 아직 끊지 못했으면 다시 말하겠노라. 육신을 떠나보면 꿈속 같고 세속의 욕심과 번뇌가 모두 공(空)이다."

생전의 업을 깨끗이 씻고 윤회의 길로 들어서는 것이다. 불에 태우면 사라지지만, 본질적으로는 없어진 것이 아니다.

“세상 모든 것은 무상하며, 고(苦)이고 공(空)이고 무아(無我)이다. 견고함이 없어 허깨비와 같고, 타오르는 불꽃과 같고, 물 속의 달과 같다. 이 불이 뜨겁다고 보느냐. 모든 욕망의 불은 이보다 더 뜨거우니, 생사에서 영원히 벗어나는 일에 힘써 마음의 평화를 얻어야 하리라.”

살아남은 자들이 죽은 자를 두고 화합과 결속을 다짐하는 것이다. 주검을 태우는 불꽃, 망자의 못 다한 욕망의 불꽃을 보면서 주검을 태우는 불꽃보다 욕망의 불꽃이 더 무서운 것임을 일깨우면서, 철저한 무상을 절감하는 가운데 삶을 직시하라는 가르침이다.

“물, 불, 흙, 바람으로 떠난 이 중생들이 부디 극락왕생 하시옵소서. 감사했습니다, 그 인연 행복했습니다.”

소중한 마음, 미련, 아쉬움을 거두고 고마운 마음을 표하고 남은 이들의 잘 살겠다는 각오를 보여주는 것이 장례, 장법인 것이다.

죽음의례에는 이러한 가르침이 거듭 담겨 있다. 죽음을 계기로 거듭나려면 이승의 번뇌를 소멸시켜 적정(寂靜)을 회복하는 것이 중요하고, 이러한 번뇌의 소멸을 분명히 드러내 보이는 것이다. “망자여, 고생하셨습니다. 당신이 살아 좋은 인연 복 많이 지으셨고 대단히 수고하셨습니다” 하고 죽은 자를 위한 기도, 결국 산 자를 향한 기도, 화합으로 생멸법에 대한 깨우침을 주는 것이다.

열반이란 번뇌의 불이 꺼져 평온해진 상태를 일컫는다. 따라서 죽음을 열반, 적멸이라 표현하지만, 번뇌의 뿌리인 탐욕, 분노, 어리석음의 삼독은 본래 실체가 없어 마음을 돌이켜 근원을 직시할 때 삼독의 불이 꺼진 경지에 도달할 수 있다.

'헌식(獻食)'이란 죽은 영가의 마지막 자비다. 그렇게 재를 지내며 밥이며 떡을 바위나 사방에 뿌려준다. 영가가 와서 먹겠는가? 음식은 날짐승 들짐승, 개미들에게 공양을 나누는 것이다.

'나무 환희장마니보적불, 나무 원만장보살마하살, 나무 회향장보살마하살' 하고 스님들이 염불하면 장례나 천도의식의 집전이 끝나는 것이다.

사주팔자 고치는 법

"이 놈의 팔자는 어떻게 이 모양이야, 내가 전생에 무슨 죄를 그리 많이 지었기에 이렇게 살아야 하나" 하는 사람들이 많다. 운명론자들은 사람살이가 각자가 타고난 팔자소관이라는 것이다. 아니다. 그 말은 구화지문(口禍之門)이다. 인간은 이미 정해진 운명에 따라 살아갈 뿐이란 것. 그래서 '팔자타령' 하는 사람들은 늘 이미 정해져 있는 길을 간다며 자기 삶에 적극적이지 않다. 체념하고 포기 하는 것이다. 누가 금수저를 물고 태어나고 누가 헬조선에 사는가.

수상이 불여관상(手相不如觀相)이오,
관상이 불여골상(觀相不如骨相)이며,
심상이 불여용심(心相不如庸心)이란 말이 있다.

사주팔자, 수상보다는 관상을 쳐주고, 관상보다는 심상을 쳐준다고 했다. 무슨 말인고 하면 손금이 아무리 좋아도 얼굴 잘 생긴 것만 못하고, 얼굴이 아무리 꽃미남이라 해도 마음바탕이 곱고 튼튼함만 같지 못하며, 마음이 튼튼하고 건강하더라도 마음씀씀이를 넉넉하고 여유 있게 쓸 줄 아는 것만 못하다는 말이다.

얼굴 좋은 것이 몸 건강한 것만 못하고,(相好不如身好)
몸 건강한 것이 마음 착한 것만 못하고(身好不如心好),
마음 착한 것이 덕성이 훌륭한 것만 못하다.(心好不如德好)

옛 말에 팔자도둑은 못한다고. 재수 없는 놈은 뒤로 넘어져도 코가 깨지고 운 좋고 팔자 좋은 놈은 고대광실에서 산해진미 즐기며 호의호식 잘 사는데 이 내 몸은……, 해가면서 신세타령들을 한다.

관상의 대가 마의선인(麻衣仙人)이 하루는 시골길을 걷고 있는데 나무를 하러 가는 머슴의 관상을 보니 죽음의 그림자가 드리워져 있었다 한다. 그래서 마의선인은 머슴에게 "얼마 안 가서 죽을 것 같으니 너무 무리하게 일하지 말라"고 당부했다. 머슴은 그 말을 듣고 낙담하여 하늘을 보고 탄식할 때, 산 계곡물에 떠내려 오는 나무껍질 속에서 많은 개미 떼가 물에 빠지지 않으려는 걸 보고 건져주었다. 그 개미들이 자신의 신세와 같다는 연민에 빠졌던 것이다. 며칠 후 마의선인은 그 머슴을 다

운명 팔자가 있다 하면 운명 팔자를 따르지 말고 운명 팔자에 없는 짓을 하라. 그것은 용서요, 모험이며 도전이고 투쟁이고 혁신이다. 진인사대천명이다. '무슨 잘못을 했기에, 이 모양 이 꼴로 사나' 하지 말고 팔자를 고쳐라.

시 마주하게 되었다. 그런데 이게 웬일인가. 그 머슴의 얼굴에 어렸던 죽음의 그림자는 어느새 싹 가시고 부귀영화를 누릴 관상으로 바뀌어 있었던 것이다.

"어찌된 일인가?"

마의선인은 머슴에게 물었다. 머슴은 개미 이야기를 하며 마음을 비웠다고 말했다. 마의선인이 명저『마의상서』마지막에 남긴 글이었다.

신년이 되면, 나를 모르는 이들이 가끔 신수를 봐달라 한다. 나를 모르고 하는 소리다. 선하게 살면 해맑은 얼굴로 꽃 피고 불편하게 살면 어두운 하늘로 그늘이 진다. 마음의 거울이 바로 얼굴인 것이다.

우리는 안 좋은 일이 생기거나 자신의 뜻대로 잘 풀리지 않으면 쉽게 체념하거나 포기를 하면서, 타령을 한다. 잘 되면 내 탓이오, 못 되면 조상 탓이라고. 안방에 가면 시어머니 말이 옳고 부엌에 가면 며느리 말이 옳다. 타령 중에 '돈타령'이고, 다음이…… 사랑, 미모타령, 그 다음이 팔자타령이다. 사람의 운명이란 고정되어 있는 게 아니다. 수상, 관상, 족상은 시간이 지나면 변한다. 생각과 말과 행동에 따라 끊임없이 변하는 것이다. 수상, 관상, 사주팔자는 통계다. 완전 엉터리라 할 수 없다. 그러나 일부가 맞을 뿐이다.

제악막작 중선봉행을 명심하라. 하늘이 인간에게 내려준 명(命)은 고정된 것이 아니라 돈다(運)하여 운명(運命)이라고 풀이한다. 운명애(運命愛)라고 하나. '인간의 어두운 삶의 극복과 이를 통한 긍정적 인간성 회복'이 우선이다. 지금과 다르게 살고 싶은가. 자유와 행복을 누리고 싶은가. 팔자가 사납다, 사주 궁합이 안 좋다는 말은 다 헛소리다. 팔자는 노력으로 극복할 수 있다. 팔자는 바꿀 수 있는 것이다.

그래도 운명 팔자가 있다 하면 운명 팔자를 따르지 말고 운명 팔자에 없는 짓을 하라. 그것은 용서요, 모험이며 도전이고 투쟁이고 혁신이다. 진인사대천명이다. '무슨 잘못을 했기에, 이 모양 이 꼴로 사나' 하지 말고 팔자를 고쳐라.

내가 팔자를 고치는 방법을 알려주고자 한다. 바로, 일노일노 일소일소(一怒一老 一笑一少)다. 웃어라. 애꿎은 팔자를 들먹이거나 세상을 비관하거나 남을 원망하지 마라.

관상이 마음의 상만 못하다. 다시 말하면 마음씀의 상이 관상을 능가한다. 우리가 원하는 대로 하면 우리가 원하는 대로 이루어질 것이다. 그러니 정녕 팔자를 고치고 싶다면 송정암으로 오라.

"성 안 내는 그 얼굴이 참다운 공양구요. 면상무진공양구(面上無嗔供養具), 부드러운 말 한마디 미묘한 향이로다. 구리무진토묘향(口裡無嗔吐妙香) 깨끗해 티가 없는 진실한 그 마음이 언제나 한결같은 부처님 마음일세. 심리무진시진보(心裡無嗔是眞寶)."

바람의 만다라

우습다. 이 몸이여. 아홉 구멍에서는 항상 더러운 것이 흘러나오고 백천 가지 부스럼덩어리를 한 조각 엷은 가죽으로 싸 놓았구나. 가죽 주머니에는 똥이 가득 담기고 피고름 뭉치이니 냄새나고 더러워 조금도 탐하거나 아까워 할 것이 없다. 더구나 백 년을 몸과 함께 한다 해도 숨 한 번에 은혜를 등지고 마는 것을.

모든 업이 이 몸 때문에 생긴 것. 이 몸은 애욕의 근본이므로 그것이 허망한 줄 알게 되면 애욕도 저절로 사라질 것이다. 이를 탐착하는 데서 한량없는 허물과 근심 걱정이 일어나기 때문이다.

네 가지 요소(四大)로 이루어진 이 몸에는 주인 될 것이 없으므로 네 가지 원수가 모였다고도 하고, 네 가지 은혜를 등지는 것들이므로 네 마리 독사를 기른다고도 한다. 내가 허망함을 깨닫지 못하기 때문에 남의 일로 화도 내고 깔보기도 하며 다른 사람도 또한 허망함을 깨닫지 못해 나로 인해 성내고 깔보는 것이다. 이것은 마치 두 귀신이 한 송장을 가지고 싸우는 것이나 다름없다.

『선가귀감』에 나오는 글이다. 헛것에 붙들리거나 끄달리지 말고 본질을 바로 보고 바로 살라는 내용이다. 의미 없는 천 마디 말보다 들으면 마음이 가라앉는 단 한마디의 의미 있는 말이 낫다. 스스로 깨우침을 자각하는 것. 그리고 스스로 깨우치려 하는 것. 한마디로 열심히 잘 살아 마음을 밝히고자 하는 게 수행이다.

알음알이를 버리라 한다. 알음알이는 무엇인가. 길들여지지 않은 거친 마음을 우리는 식(識), 알음알이라 한다. 교학(教學), 계율은 알음알이가 아니다. 삼척동자도 알지만 팔십 노인도 행하기는 어렵다는 얘기가 있다. 지금의 깨달음의 논쟁까지 알음알이요, 쓸 데 없는 논쟁이라면 할 말 없다.

아는 모든 것이 다 헛것이라면 헛것이다. 그러나 휘둘리지 말라는 얘기다. 물론, 지식이 나를 괴롭힌다면 그 지식에서 해방되어야 한다. 지식의 오만이 가중되고 있는 세상이지만 지식의 오만보다는 몰라서 부끄러워하고 수줍어하는 사람의 얼굴 표정이 더 인간적일 수 있다. 그러나 아는 게 독이 될 수 있지만 아는 게 힘이 될 수도 있다. 모르는 것보다 아는 게 낫다. 뗏목 없이 어찌 이 바다를 건너겠는가.

처염상정(處染常淨)이다. 아무리 더럽고 치사한 조건에서도 깨끗하고 정직한 마음을 잃지 않는 것. 그러나 공부가 설익으면 밖으로 더럽다면서 안으로 더럽히고, 치사하다 손가락질하면서 선사들이 씹다버린 말들을 들여다보게 된다. 앵무새질이다. 그러나 공부할 때는 '내 몸'이니 아니니, 여기까지 '내 것'이요, 저기부터는 '다른 것, 남의 것' 분별할 필요가 없다. 조각난 것들 다 하나로 모아 하나 만들어 내 것으로 해야 한다.

입차문래 막존지해(入此門來 莫存知解)란 말이 있다. 불문 가운데 들어온 사람은 조그마한 알음알이를 두지 말라는 뜻으로, 갖가지 견해를, 분별 망상을 버려야 한다는 말이다. 오직 지금뿐 때가 따로 없다.

수행의 관건은 '넓이'도 아니고 '깊이'도 아니다. 많이 아는 것, 깊이 아는 것보다 바로 보는 것, 바로 깨닫고자 하는 것이다. 학의 다리는 길고 오리의 다리는 짧다며 학의 다리를 잘라 오리의 다리 길이를 맞추려 한다면 어리석은 일이다.

젖은 나무는 타지 않는다, 해탈하는 사람도 있지만 해탈하지 못하는 사람도 있다, 불은 지필 때 태우다 말다 하면 꺼진다, 눈을 떠야 한다, 내 것이 아닌 것은 버려라, 깨어야 한다,

젖은 나무는 타지 않는다. 해탈하는 사람도 있지만 해탈하지 못하는 사람도 있다. 불은 지필 때 태우다 말다 하면 꺼진다. 물론 각자도생(各自圖生) 하겠지만 눈을 감고 달빛을 보려하는 건 수행이 아니다. 눈을 떠야 한다. 점검을 하고 내 것이 아닌 것은 버려라. 깨어야 한다. 무엇이 더 중요한 것인가. 즉불행시불(卽佛行是佛), 참되고 바른 행을 하는 것이 바로 부처다. 이불 속에서, 법당 안에서만 부처님의 자비와 선을 말하지 말고 밖으로 나와 자비와 선을 실천하는 게 바로 부처인 것이다.

불꽃과 물결, 오늘을 마지막처럼

춤추라, 아무도 바라보고 있지 않은 것처럼.

사랑하라, 한 번도 상처받지 않은 것처럼.

노래하라, 아무도 듣고 있지 않은 것처럼.

살라, 오늘이 마지막 날인 것처럼.

참 좋은 말이다. 열정이 영어로는 passion이다. 주도적인 삶을 사는 이에게는 열정이 있다. 능동적 관계를 맺어 주도적인 삶을 위한 일신(日新)의 가치를 변화한다. 주도적인 삶이란 스스로 옳다고 믿는 기준, 또는 자발적으로 동의한 기준에 따라서 판단하며 사는 삶을 말한다.

목표가 없으면 의지나 실천에 대해 무관한 삶이 된다. 되면 좋고 안 되어도 그만인 생활. 남을 속이고 자신과의 약속 또한 중요함을 모르는 사람들. 약속을 지키지 않는 사람들. 말은 일사천리지만 행동은 우유부단한 사람들. 그런 이들은 주도적인 삶을 사는 이들이 아니다.

철학자 샤르트르는 말했다, "인생은 B와 D 사이의 C의 연속 과정이다, 나고(Birth) 죽는(Dead) 과정에서 이어지는 수많은 선택(Choice)의 과정이라는 것이다, 맞다, 내 주관을 가지고 후회 없는 선택을 해야 한다,

삶을 대하는 자세에는 두 가지가 있다. '자기 주도적 삶', 주도적인 자세와 대응적인 자세이다. 주도적인 자세(Self-Directed-Life)는 자신이 주인이 되어 살아가는 태도다. 스스로 세운 가치관에 따라, 자신의 행동에 대해 책임을 지는 태도이다. 반면에 '대응적인 삶'은 본능적으로 반응하는 삶이다. 팍팍한 세상살이, 싫은 소리를 들으면 짜증을 내고, 길이 막히면 불평하고, 일이 뜻대로 안 풀리면 분통을 터뜨리는 삶이다.

'주도성'이야말로 일과 인생의 기본 중의 기본이 되어야 한다. 주도성을 마음속에 불태우는 순간 성별, 나이, 학력, 빈부격차 등과 무관하게 자신의 위치를 천상에 자리 잡게 할 수 있고, 그 반대 대응적인 인생은 스스로의 정체성을 상실한 채 신이 부여한 재능마저도 스스로 찾지 못하고 자신을 훼손하는 상황이 되는 것이다.

자기 주도적인 삶은 이 세상 나로부터 시작한다. 나는 누구인가. 자기인식에서 출발해서 공동체, 사회를 향한다. 자존감 향상과 나의 장점

발견, 자기 사랑, 자기 존중감의 발로로 원하는 삶을 찾는 것이다. 내면 탐색을 통해 의지의 실천을 하는 것이다. 하면 된다. 내가 나를 응원해야 한다. 자기 암시다. 내가 나를 칭찬해 주어야 한다. 열린 마음이 되려면 성격을 원만하게 한다. 성실하게 되고 친화로우며 정서적으로 안정이 된다. 주도적인 삶은 경험을 개방한다. 활동적으로 바뀌는 것이다.

프랑스의 철학자 장 폴 샤르트르는 말했다. "인생은 B와 D 사이의 C의 연속 과정이다"라고. C는 무엇인가? Choice, 선택이다. 인생은 나고(Birth) 죽는(Dead) 과정에서 이어지는 수많은 선택(Choice)의 과정이라는 것이다. 맞다.

우리는 살면서 수많은 선택을 하게 된다. 모든 일의 결과는 내가 선택한 것이다. 지금의 모습도 내가 선택한 결과이다. 내 주관을 가지고 후회 없는 선택을 해야 한다. 늠름한 의지, 불타는 정열. 청춘은 겁 없는 용기다. 안이함을 뿌리치는 모험이다. 경이로움에의 선망, 미지에 대한 탐험심인 것이다.

주도적인 인생을 산다는 것은 항해를 할 때 선장이 자신의 배를 운항한다는 것과 같이, 자신의 삶에 대한 주인의식을 갖고 세상의 주인이 외부로부터의 자극에 흔들림이 없어야 할 것이다. 양심에 따라 행동하라. 그래야 자유롭게 일을 할 수 있으며 기존 관념에서 벗어날 수 있다. 자기 방식의 자유로운 삶을, 나만의 개성을 가질 수 있다. 행동하는 양

심은 삶을 더 여유롭고 즐겁게 하고 인간의 본성과 다양한 삶을 바라보는 새로운 관점을 만든다. 인생 아흔아홉 구비구비 자유의 폭을 넓히는 삶, 재미있지 않은가. 주도적인 삶. 아름다움, 희열, 용기. 그러니 우리는 청춘이다.

갈등, 차수(叉手)와 합장(合掌) 사이

갈등(葛藤). 칡과 등나무라는 뜻으로, 일이나 사정이 서로 복잡하게 뒤얽혀 화합하지 못하는 걸 말한다. 개인이나 집단 사이에 목표나 이해관계가 달라서 그렇다. 그 결과로 적대시하거나 불화를 일으키는 상태다. 소설을 쓰는 나는 갈등을 바탕으로 글을 쓴다. 무엇이 내게 와 부딪히는가.

갈등은 의지를 지닌 두 성격의 대립 현상이며, 그 성질에 따라 외적 갈등과 내적 갈등으로 크게 나뉜다. 그래서 이를 바탕으로 한 것을 분쟁(紛爭)이라고 한다. 내게는 제자가 여덟 명이 있다. 거의 다 내가 머무는 암자에서 일 년 넘게 머물러야 제자로 받아준다. 맨 먼저 입산 하게 되면 공양 시간에 공양간에 차수(叉手)를 하게 하고 세워둔다. 스님들이 밥 먹는 걸 보라는 거다. 나 역시 마찬가지였다.

불교에서는 불교만의 예절과 의례가 있다. 한마디로 전통은 고루하다. 그런데도 스님들은 그 가르침을 되새기며 행한다. 마음이 중요하지 몸가짐은 아무래도 상관없다고 하는 이들도 있다. 그러나 수행자의 자세는 항상 경건하고 겸허한 자세가 기본이다. 차수란 두 손을 어긋매껴 마주 잡는 걸 말한다. 손에 힘을 주지 않고 자연스레 교차해서 왼손의 손등 부분을 오른손으로 가볍게 잡고 단전 부근에 가볍게 대고 있는 자세를 말한다. 경우에 따라 손을 바꾸어도 무관하다. 한 자리에서 삼십분 이상 서 있어야 한다. 쉬운 일이 아니다.

어떤 이는 여기서부터 깨진다. 오래 서 있지 못한다. 그러면 아웃이다. 나만 해도 엄청 나 자신과 충돌했다. 그 사이에 문제와 골칫거리들이 내 머리를 스쳐지나갔다. 화가 나고 분노에 찼던 마음들로 부끄러웠다. 단지 스님들이 밥 먹는 걸 지켜보는 것일 뿐인데. 여느 가정집처럼 오순도순 밥상머리 앞에 앉아 다정하게 식사하는 풍경하고는 다르다. 스님들은 말이 없다.

나는 어떤 일로 갈등을 겪고 있었는가? 먹고, 싸고, 자고, 입는 의식주 따위의 것들. 아니다. 차수, 그 다음에는 합장(合掌)을 배운다. 두 손바닥을 합하여 마음이 한결같음을 나타낸다. 본디 인도의 예법으로, 보통 두 손바닥과 열 손가락을 합한다. 밀교에서는 정혜상응(定慧相應), 이지불이(理智不二)를 의미하는 것으로 마음과 마음, 흐트러진 마음을 모은다는 뜻이 담겼다.

이게 불교의 시작이다. 차수와 합장은 서 있을 때뿐만 아니라 앉

차수와 합장을 하게 되면 내 자신의 갈등원인을 규명하고 이해할 수 있다, 하심(下心)을 배우는 것이다, 자기 자신을 낮추고 남을 높이는 마음이다, 삼라만상 두두물물을 공경하다보면 내 것이다, 네 것이다, 따졌던 마음이 사라진다,

아 있을 때에도 같은 요령으로 취할 수 있다. 다만 차수인 경우에는 마주잡은 두 손을 단정하게 무릎 위에 놓으면 된다. 차수에서 합장, 합장에서 차수로의 동작이 부드럽게 연결되어야 중노릇도 잘 하게 되는 것이다.

차수와 합장을 하게 되면 내 자신의 갈등원인을 규명하고 이해할 수 있다. 하심(下心)을 배우는 것이다. 자기 자신을 낮추고 남을 높이는 마음이다. 삼라만상 두두물물을 공경하다보면 내 것이다, 네 것이다, 따졌던 마음이 사라진다.

이해관계란 그렇다. 사람이나 동물, 물체 따위가 행동이나 작용을 이루기 때문이다. 사람들도 본능적으로 먹을 것, 입을 것, 땔감 따위를 만들거나 장만하려는 데서 갈등이 빚어진다.

갈등상황에서는 각자 자신이 원하는 것만을 내세운다. 그러나 한 걸음 물러서보면 그 갈등은 관리가 된다. 자신이 어떻게 행동하는지 알

게 되는 것이다. 누구나 갈등이 생겼을 때는 사자가 된다.

사람이란 그렇다. 이 세상에 공짜는 없다. 친절을 베풀면 상투 위에 올라앉으려 한다. 만만하게 보는 것이다. 지나친 겸손은 오히려 손해가 되는 셈이다. 어찌해야 옳은가. 말로 해도 될 일을 싸워야 하는가. 그건 긁어 부스럼이다. 그렇다고 왼뺨을 때리면 오른뺨을 내줄 것인가.

공양간, 밥을 먹기 전 한 번 생각해볼 일이다. 나는 그 갈등에 어떻게 대처하고 사는가를.

스스로를 찾아가는 단절과 봉쇄

흔히 정보화시대, 세계화시대, 디지털시대라 한다. 그런데도 세상, 문명, 문화를 단절한 채 산 속에서 묵언하고 기도하며 세상을 봉쇄하고 사는 이들이 있다. 그래서 선원(禪苑), 선방(禪房)을 무문관(無門關)이라 부르기도 한다. 선원의 수좌들은 안거(安居)라 하여 기간을 정해놓고 생활 전체와 모든 활동을 참선, 화두타파에만 매진하기도 한다.

선(禪)이란 고요한 마음 상태에 이르는 길이다. 일상생활 속에서 자신의 성찰을 통해 마음을 가다듬고 정신을 통일하여 무아정적, 선정에 이르러 성불하고자 하는 길이다.

종교생활은 믿음에 대한 신념에 따른 행동이다. 세속과 거리를 둔 채 참선, 기도와 노동만으로 살아간다. 또 "선방이 따로 있나요? 내가 있는 곳이 바로 선방이죠. 마음을 닦는 데는 시도 때도 없습니다. 내가 무슨 일을 하던지 그것이 수행이니까 정성을 다하는 거죠" 하며 외부 봉사활동 위주의 수행 생활을 선택할 수도 있다.

선원 안에서 평생을 보내는 이들은 한거정처(閑居靜處), 좌선(坐禪)을 선택하는 것이고, 외부 봉사활동 위주의 수행을 하고자 하는 이들을 행선(行禪) 하는 이들이라고 한다. 스님이 되려면 의무적으로 기초 선원생활을 마쳐야 한다. 의무기간을 마치면 각 개인의 선택이다.

선악미추(善惡美醜), 시비를 떠나 세간과 출세간에 대한 차별과 집착을 벗어나 모든 것을 평등하게 보는 무애행을 배우는 것이다. 자연으로 돌아가 물아일체가 되어 본래면목, 본성, 불성을 보고자 하는 것이다. 수행은 수행자, 수도자들의 전유물이 아니다.

세상 잣대로 보면 이상한 사람들로 보일 수도 있다. 좋든 싫든, 옳든 그르든 세상과 부딪히며 살아야지 틀어박혀 사는 이유가 뭐야? 왜 단절한 거야? 단절하고 봉쇄한 이유는 뭐지? 할 수도 있다. 굳이 따진다면 완전 봉쇄가 아니라 반 봉쇄다. 또 세상과의 단절이라 함은 완전히 세상

세상은 영광이고 웃음거리고 수수께끼다. 천천히 가는 것을 두려워해서는 안 된다. 또한 멈추는 것을 두려워해서도 안 된다. 간혹 휴가기간을 정해 '내가 나를 찾는 여행'으로 감행해볼 만하다. 짧은 시간, 세상과의 단절이나 봉쇄도 매우 유익한 방법이다.

과 인연을 끊는다는 말이 아니라 세상적인 것들, 속(俗)적인 것들과의 인연을 끊는다는 것이다. 선으로도 악으로도, 옳고 그름으로도, 아름다움이나 추함으로도 물들지 않은 생명의 순수를 추구하는 것이다.

사람으로 태어나 세상과의 완전 봉쇄는 죽음 외에는 있을 수 없다. 나는 경전과 어록을 무시하고 무조건 참선 수행만을 강조하는 입장이 아니다. 진정한 수행이란 한량 없는 법문과 위 없는 불도를 이루어야 한다. 인간은 한정된 시간과 공간 속에 살기 때문에 이 세상의 모든 일을 직접 체험하거나 경험할 수 없다. 그렇기 때문에 경전의 말씀, 어록을 읽고 배우고 익혀서, 이를 자신의 수행과 간접 체험으로 만들어 자신의 지혜와 인격 형성의 좌표로 삼아야 한다. 선(禪)으로 체(體)를 삼고 교(敎)로 용(用)을 삼아 그 바탕 위에 수행이 있는 것이다.

마음이란 생각, 생각이 대상을 향한다. 그러나 항상 살피고 안으로 집중한다. 마음은 늘 보고 듣는 경계에 따라 움직이게 되어 있다. 수행이란 바로 이러한 마음을 단련시키는 것이다. 일념(一念)으로 염불하고, 절하고, 참선하는 것이다.

불교의 모든 수행이란 결국 '마음공부'라고 하듯이 이러한 일념을 바로 지키고 비추어 자신의 일념 내면에 깃들어 있는 본래면목인 참부처를 친견(親見)하는 일이다.

세상은 영광이고 웃음거리고 수수께끼다. 천천히 가는 것을 두려워해서는 안 된다. 또한 멈추는 것을 두려워해서도 안 된다. 정녕, 이 세상의 주인이자 삶의 주인공이 되고자 한다면 박자를 맞출 줄 알아야 한다. 쉬어가는 것이다. 그러니 간혹 휴가기간을 정해 '내가 나를 찾는 여행'으로 감행해볼 만하다. 짧은 시간, 세상과의 단절이나 봉쇄도 매우 유익한 방법이다.

새김과 섬김의 절대의식, 세족식

초파일에 행하는 대표적인 의식 가운데 하나가 바로 '관불의식'이다. 세족식(洗足式)은 이 관불의식에서 나왔다. 탄생불을 불단에 모셔놓고 그 불상에 정수를 쏟으면서 부처님이 오신 큰 뜻을 기린다. 부처님의 몸을 세욕하는 것이다. 물론 상징적인 의미이다.

먼저 부처님이 탄생하신 룸비니 동산의 화원을 상징하는 꽃바구니로 불단을 장엄하게 꾸미고 불단 중앙에 탄생불을 안치한 뒤, 욕불게를 독송하면서 작은 표주박으로 감로다를 떠서 부처님의 정수리에 붓는다. 먼저 그 절의 제일 어른 스님이 관불을 시작하고 이어서 법회에 참여한 모든 대중이 부처님의 정수리에 감로다를 부으면서 공덕을 쌓는다.

부처님 살았을 당시에는 신발을 신지 않았다. 맨발로 다닌 것이다. 그래서 발에 흙이 묻을 수밖에 없다. 씻을 수 있는 물이 필요하기 때문에 발 씻을 물을 준비하는 것으로 되어 있다.

불교에는 대중공양, 청식(請食) 제도가 있는데 이는 수행자들을 집으로 초대하여 공양을 제공하는 것이다. 일종의 가족법회다. 법회가 끝나고 함께 밥을 먹는 것이다. 이때 수행자가 신도 집에 초대받아 가면, 현관 입구에서 그 집의 주인 남자가 직접 수행자의 발을 씻어준다. 오랜 관습이다. 이것은 그들이 수행자를 맞이하는 예의이자 성스러운 의식이다. 이때 수행자는, 과연 자신이 이 분들로부터 이런 대접을 받을 만한가를 반성하게 되고, 더욱 더 수행 정진해야겠다고 다짐하게 된다. 스리랑카에서는 지금도 이런 관습이 전해진다.

그러나 율장대품에 따르면 이와 다르다. 부처님은 손수 발을 씻었다고 한다. 율장대품에는 "세존께서는 마련된 자리에 앉았다. 앉아서 두 발을 씻었다"라고 기록되어 있다. 부처님 스스로 발을 씻은 것이다.

부처님은 발을 씻고 나서 축원의 말을 해준다. 그것은 "나는 그대가 잘 지내기를 바란다. 나는 그대가 평안하기를 바란다. 나는 그대가 지내는데 어려움이 없기를 바란다"라는 말을 건넨다.

또 부처님은 가까운 곳에 있는 아누룻다와 난디야, 낌발라 존자가 있는 곳을 찾아 가신다. 역시 이들 존자들은 발 씻을 물을 준비해 놓는다. 부처님은 손수 발을 씻고 축원의 말을 해 준다.

"아누룻다와 수행승들이여, 그대들은 서로 화합하고 서로 감사하고 다투지 않고 우유와 물처럼 조화롭게 서로 사랑스런 눈빛으로 대하며 지내기를 바란다."(『율장대품』 10장)

부처님 스스로 발을 씻은 것이다. 그러고 나서 축원의 말을 해준다.
"나는 그대가 잘 지내기를 바란다. 나는 그대가 평안하기를 바란다.
나는 그대가 지내는데 어려움이 없기를 바란다"라는 말을 건넨다.

부처님은 조화롭게 서로 화합할 것을 강조하였다. 강조한 건 '조화'이다. 이와 관련된 말이 '화합'과 '서로 감사하는 것'과 '다투지 않음'이다. 또 부처님은 '서로 사랑스런 눈빛으로'라고 하였다. 마치 연인이 눈빛을 나누는 것처럼 살라는 것이다. 이렇게 산다면 싸움이 일어날 수 없을 것이다.

일심동체(一心同體)가 되라는 말이다. 이것을 새김의 힘이라고 하는 경전적 근거도 있다. 오래 전에 행한 말도 기억하고 상기하며 새김을 확립이라는 '사띠(새김)'라는 말에서도 알 수 있다. 부처님 제자들은 가르침을 잊지 않고 기억하고 되새기려고 노력하였다. 새김은 곧 섬김이다. 이는 진정한 사랑이 무엇인가를 보여주는 몸짓, 곧 사랑이요, 자비인 것이다.

가톨릭교회에서는 전통적으로 고난주간의 목요일에 교황과 사제들이 평신도의 발을 씻기는 세족례를 행한다. 이러한 세족식은 예수께서 십자가에 못 박히기 전날 밤, 최후의 만찬을 집행하기 전에 열두 제자들의 발을 씻어준 일에서 유래되었다고 한다.

이때 예수는 몸소 제자들의 발을 씻겨 '섬기는 자세'를 보여주면서 의아해하는 제자들에게 '너희도 내가 한 것처럼 행하라'고 당부한 데에 따른 것이다. 보통 부활절 이전의 목요일에 시행하므로 이날을 '세족 목요일'이라고도 부른다. 하지만 요즘에는 개신교회를 비롯해 학교, 군부대 등 일반사회에서까지 세족 행사가 늘어나는 추세다. 세족 의식이 갖는 높은 교육적 효과 때문일 것이다.

스승의 날을 앞두고 '제자 발 씻어주기' 행사를 하는 학교들도 있다. 발을 씻기는 것은 '행위' 또는 '예식'이 아니다. 세족식이 지니는 본래의 정신을 잘 살리면 새김과 섬김에 대한 자비를 실천할 수 있다. 그러니 이것이 하나의 볼거리 같은 형식적 행사가 되어서는 안 된다.

나도 세족식을 여러 번 진행한 적이 있다. 내가 중요시 하는 건 일회성으로 그쳐서는 안 된다는 거다. 세족식을 진행할 때 썼던 발원문을 여기서 소개해 보기로 한다.

오늘 지금 여기에서 사부대중과 존귀하신 스님들과의 만남과 나눔에 있어

형식이 아닌 진정한 참회로 계율을 지키고

구체적인 삶에 팔정도를 통한 실천자가 되기를 원합니다.

예절과 의례가 아닌 늘 부처님의 육바라밀의 가르침을 새김과 섬김으로

진정한 사섭(四攝), 감사로 삼보에 귀의 깨달음의 길을 가고자 하는 한량없는 마음으로

수행자로서 이 공덕을 회향하오니

모든 생명과 모든 사람들이 행복하고 평화롭도록

가피를 내리시어 다 함께 성불할지이다.

열쇠와 자물쇠

지범개차(持犯開遮)란 말이 있다. 대승불교에서 나온 말인데 지(持)는 계를 잘 지키는 것이고, 범(犯)은 잘 지키지 못하고 깨뜨리는 파계를 말한다. 계율이 서로 충돌하거나 불가피한 사정이 인정되면 계율을 어겨도 죄를 묻지 않는 것을 말한다. 계율은 시대와 역사, 도리에 의하여 적당히 응용될 수가 있다. 율법은 인간과 인간과의 관계와 인간과 자연 혹은 세계와의 관계에서 때를 따라 변경도 될 수 있고 고쳐질 수도 있는 것이다. 계율주의 율법론자들이 반론을 제기할 수도 있지만, 내 입장에서 그렇다는 것이다.

"글자 뜻만 보지 말고 저 경계 너머를 봐라."

내가 선배들에게 가장 혼난 부분이다. 의중, 의표, 핵심으로 들어서라. 개인선정생(皆因禪定生)이니라. 걸림 없는 청정한 지혜는 다 선정(禪定)에서 나온다.

열림의 미학이냐, 닫힘의 미학이냐는 깨달음의 궁극이냐, 과정이냐는 이야기와 통한다. 자물쇠를 열려면 맞는 열쇠로 열어야 한다. 자물쇠는 저마다 의문부호를 가지고 있다. 마찬가지로 자물쇠에겐 이 세상에 맞는 열쇠는 하나도 없다. 자물쇠의 구멍과 비슷하면 자물쇠는 열린다. 내가 여기서 말하는 건 쇠로 만든 자물쇠가 아니라 화두를 뜻한다.

자물쇠와 열쇠는 우리 인간들의 연장일 뿐이다. 세상 사는 일, 행복으로 가는 길의 계율, 규칙, 관습, 법 또한 마찬가지다. 열 때는 열어야 하고 잠글 때는 잠가야 한다. 잠금의 미학은 심술궂고 혼란스럽다. 너무 열어주면 헤프고 그렇다고 꽉 잠그면 봉쇄된다. 조절이 곧 미학일지도 모르겠다.

세상이라는 교향악단, 지휘봉을 든 건 바로 나다. 어떻게 생을 연주할 것인가. 크고 작음, 있고 없음을 조율하여 전체적으로 조화로움을 이끌어 전체를 하나로 만들어가야 하는 것이다.

자물쇠와 열쇠는 우리 인간들의 연장일 뿐이다, 세상 사는 일, 행복으로 가는 길의 계율, 규칙, 관습, 법 또한 마찬가지다, 열 때는 열어야 하고 잠글 때는 잠가야 한다, 잠금의 미학은 심술궂고 혼란스럽다, 조절이 곧 미학일지도 모르겠다,

내가 만들어 가는 길은 지혜의 길이다. 또 자비의 길이다. 자기 자신을 속속들이 지켜보고 삶을 순간마다 알아차림, 마음챙김으로 실천궁행하는 것이다.

산다는 일은 상상적 허구가 아니다. 실제상황, 사실, 고해, 세상의 파도 앞에 맞닥뜨린 현실인 것이다. 내게 닥친 현실을 끌어안고 현실의 뺨에 입을 맞추는 것이다. 우리 인생의 자물쇠와 열쇠가 그 지혜를 담고 있다.

우물 안 개구리

개굴개굴 개구리. 나는 한 마리 개구리다. 내 속은 우물 안이다. 개구리가 우물 밖으로 나가는 방법은 깨우치는 것뿐이다. 우물 속에서 보면 하늘은 동그랗다. 제법 큰 하늘, 정저지와(井底之蛙), 그래서 우물 속에서 살아야 한다. 우물 안에서는 언제나 평화와 안식이 있다. 내게 아무리 우물 밖의 하늘이 더 크다 해도 나가지 못한다.

흔히 넓은 세상의 형편을 알지 못한 사람을 비유하거나 견식이 좁아서 저만 잘난 줄만 아는 사람들을 우리는 '우물 안 개구리'라 한다. 『장자』에 「추수」 편에 '정와'는 '정저지와'와 함께 '정정와(井庭蛙)', '정중와(井中蛙)'란 말이 나온다. '정정와'의 가운데에 쓰인 '정'은 '뜰, 마당', '정중와'의 '중'은 '한가운데'를 각각 뜻한다. '정저와(井底蛙)'는 '정저지와'에서 어조사 '지'를 생략한 형태다.

"그대는 우물 안인가, 우물 밖인가?"

경계(境界)란 사물, 사건에 어떠한 기준에 의하여 나누어지는 한계를 뜻한다. 전제조건이 있다. '나는 우물에 있다'는 걸 인식한 후의 문제다. 그러나 대부분 자기 자신이 이 우물 안 개구리라는 것도 모르는 채 살아간다. 그래도 우물 안에서 자신만의 시각과 방법으로 산다. 나름 최선이라 말한다. 그러나 우물 안에서 살지만 우물 밖에도 세상이 있다는 걸 안다. 우물 밖으로 나가려면 우물 밖의 세상을 궁금해해야 하고 마음도 열려야 한다. 편협함에서 벗어나야 하는 것이다.

개굴개굴, 미지의 경험을 하려는 자세, 달을 삼키려는 모험, 탐험. 그 마음은 색다르고 새로운 것을 받아들일 수 있다. 우물 안은 기득권이다. 그러나 우물 밖의 세상은 그렇지 않다. 개척이고 창조다. 펼쳐진 하늘과 우물 밖 세계가 자신을 숨 막히게 압도하는 것을 발견한다. 처음엔 드넓은 세상의 밝은 빛을 보는 순간 황홀하다. 아, 이게 광활한 세계구나.

그러나 새로운 세계는 고통이다. 우물 안에서도 하늘은 여전히 높았고, 우물 속 역시 자신보다 컸다. 한데 우물 밖으로 나온 개구리는 도무지 상상하기 힘들었던 현실들을 보고 느낀다. 즉 개구리는 우물 안에서 생각했던 세계와 다름을 비로소 인식하게 된다. 물론 우물 밖에 나갔다 들어온 개구리들의 얘기를 들어본 적이 있고 또 그것들을 꿈꾸고 있었다면, 바깥 풍경이 전혀 낯설지 않은 데도 막상 부딪히면 무섭고 두렵다.

마음의 문, 장애의 벽을 허물어야 한다. 세상 사는 데 장애가 없을 수 없다. 열린 마음이라면 걸림도 막힘도 뚫어낼 수 있다. 탐진치가 바로 우리들의 장애다. 무엇보다 타인의 다름을 인정하고 수용해야 한다. '내가 아닌 것'을 인지해야 하고 받아들여야 한다. '틀림'이 아니다. '다름'인 것이다. 연다는 것은 닫혀 있다는 것을 전제로 한다. '우물 안 개구리', '벽창호'. '독불장군'을 넘어서면 아집과 편견을 넘어 세상을 바라보게 되고 세상과 소통할 수 있게 된다.

깨닫기를 원하는가. 행복하기를 원하는가. 일단 우물 속에서 나와야 한다. 그것이 깨우침이다.

연다는 것은 닫혀 있다는 것을 전제로 한다, '우물 안 개구리', '벽창호', '독불장군'을 넘어서면 아집과 편견을 넘어 세상을 바라보게 되고 세상과 소통할 수 있게 된다, 깨닫기를 원하는가, 행복하기를 원하는가, 일단 우물 속에서 나와야 한다, 그것이 깨우침이다,

마음의 문을 여니 깨달음이

삶의 영역을 넓히는 일은 경계를 무너뜨리는 것이다. 언젠가 선생님들이 계신 학교에서 설법을 하게 되었는데, 열린 교육을 하라 했더니 학교의 담장을 무너뜨렸다. 눈과 귀, 자연, 세계를 향해 문을 활짝 열라고 하긴 했지만, 눈에 보이는 담장을 허물어버린 것이다. 처음엔 고개를 갸웃했다. 그러나 그것도 가두어진 울타리를 무너뜨리는 한 방법이라는 생각에 고개를 끄떡거렸다.

마음의 문을 여는 일은 삶의 영역을 넓히는 일이다. 영향력을 확장시키는 것이다.

마음의 문이란, 경계에 선다는 뜻이다. 세상의 고통과 직면하는 거다. 경계란 괴로움에서 벗어나 영원한 안락, 열반을 추구하고자 하는 출발선이다. 기쁘지 아니한가. 경계를 뛰어넘는다는 건. 나는 내 방식대로 살아야 한다. 내가 그 누구의 삶을 대신 살아주는 게 아니기 때문이다.

경계란 세계의 문턱이다. 깨달음의 상태 또는 경지라고 한다. 불성(佛性)을 보는 일이다. 본디 가지고 있는 마음이다. 마음의 본성은 청정하고 번뇌는 객진(客塵)에 지나지 않는다. 사유와 성찰, 체험, 체득(聞, 思, 修를 거친)을 통해 자성을 발견하는 일이다. 우리는 무엇에 얽매여 있는가. 삶과 노동, 인간과 역사 속에 놓일 수밖에 없다. 부자유의 상태에서 벗어나 스스로 자유를 택하는 것이다. 언어, 논리적 사고, 그 사유세계를 넘어 본래면목을 보는 일은 각(覺)과 오(悟)를 통한 참나를 찾는 것이다. 보이는 상(相)에 취하지 않고 흔들리지 않으려는 건 탐진치 삼독심을 제거하여 현실에 대한 깊이 있는 인식으로 스스로 깨달음의 세계로 향하고자 함이다.

인생은 짧다. 몸이나 생명이나 형체 있는 모든 것은 꿈과 같고 물거품과 같고 그림자와 같다. 원력이 있는 곳엔 반드시 가피가 있다. 서원하지 않는 삶, 발원하지 않는 삶은 살아도 산 인생이 아니다. 깨달음은 우선 생각하고 궁리하는 과정을 전제로 한다. 생각하고 궁리한다는 것은 어떤 사태 또는 사건에 대해 즉각적으로 반응하기보다는 일정한 시간을 갖고 자신의 생각을 정리하고 그 생각에 따라 관점을 형성해가는 과정으로 해석될 수 있다. 그 과정을 통해 이전에는 알지 못했거나 제대로 알지 못했던 것들을 알게 되는 것들이 있을 때 비로소 깨달음이 온전히 성립하게 된다.

마음의 문이란, 경계에 선다는 뜻이다, 세상의 고통과 직면하는 거다, 경계란 괴로움에서 벗어나 영원한 안락, 열반을 추구하고자 하는 출발선이다, 기쁘지 아니한가, 경계를 뛰어넘는다는 건, 나는 내 방식대로 살아야 한다, 내가 그 누구의 삶을 대신 살아주는 게 아니기 때문이다,

우리는 너나없이 참삶을 살기를 원한다. 팔정도를 통한 수행이 삶이고 삶이 수행이다. 그것이 바로 이고득락(離苦得樂)의 길이다. 고통, 번뇌, 망상 등 온갖 집착에서 벗어나 온갖 장애를 극복하고 깨달음을 통해 해탈의 경지로 가기 위한 문을 여는 것이다. 무엇이 고(苦)를 여의고 기쁨을 느끼게 하는가. 그건 바로 진리다. 도(道)에 서는 일, 깨달음으로 가는 길은 마음의 문을 여는 일이다. 도(道)란 고통, 번뇌, 망상 등 온갖 집착에서 벗어나고자 함이다. 여실지견(如實知見)의 눈을 뜨는 것이다.

발고여락(拔苦與樂)이다. 괴로움 따위에서 벗어나 즐거움이나 행복감을 마음껏 즐기고 맛보는 것이다. 행복한 삶을 누리는 길이다. 자비(慈悲)로 중생의 괴로움을 없애주고 즐거움을 주는 일이다. 선심(禪心)은 그렇게 인생을 변화시킨다. 감나무 아래 백날 누워 있어봐야 헛수고다. 가

장 행복한 공부는 내가 좋아하는 생을 열심히 사는 것이다.

이고득락, 발고여락을 넘으면 전미개오(轉迷開悟)다. 엄동의 밤도 한 줄기 봄 햇살에 물러간다. 그리고는 상구보리 하화중생이다. 먼저 내가 수행하는 것이다. 목으로만 울어서는 안 된다. 몸으로 울고 마음으로 울어야 한다. 울어 울어 꽃이 피면 나비가 날아든다. 이것이 하화중생이다. 열심히 수행정진하여 찬란하게 꽃을 피우려는 이유다. 깨달음을 성취하는 것이 불자들의 목표인 것이다. 새날이 밝아올 것이다. 심즉개오(心卽開悟), 새날을 맞아 참된 지혜와 자비의 삶으로 실천자가 되고자 함이다.

원효는 대승기신론에서 본각(本覺)과 시각(始覺)의 논리 위에 누구나 불각(不覺)의 상태로부터 수행하여 이(理)와 사(事), 통상(通相)과 별상(別相), 체(體)와 상용(相用)을 하나로 일심(一心), 해탈의 구경각(究竟覺)에 도달할 수 있다고 했다. 누구나 마음의 문을 열고자 하는 자는 궁극적인 목표로 다가가는 과정자다. 궁극적인 목표 즉, 생사를 뛰어넘는 원융(圓融)과 회통(會通)은 '궁극적 지혜'인 깨달음인 것이다.

달을 삼킨
개구리

달을 삼킨 개구리

너는 할 수 있어. 무엇이든 될 수 있다. 너를 믿어야 해. 믿어야 한다. 네가 길이고 생명이고 진리다. 천상천하 유아독존. 너밖에 없어. 모든 것은 너의 마음으로부터 나왔고 마음은 모든 것에 앞선다. 그리고 마음으로부터 모든 것은 이루어진다. 무엇보다 너는 건강하다. 신체적으로 사회적으로. 너는 이 세상에 살아 있고 무엇보다 너 자신을 사랑하고 있다. 너는 정신적으로 또 영적(spiritual)으로 능력이 있고 불성(佛性)이 있다.

스님은 네가 다른 아이들과 공을 차며 뛰어놀 때, 건강하구나 튼튼하구나 했다. 몸 동작 하나에서 창의력과 열정을 보았다. 또 골인이 되었을 때, 함께 뛰던 친구들과 얼싸안는 걸 보고, 대견스러웠단다. 그런 너를 위해 나는 늘 응원할 준비가 되어 있단다.

그렇단다. 반성할 줄 알고, 조심하여 행동하면서 그 행위가 맑고 밝아 진리대로 살아가는 사람에게 영광은 더욱 빛나는 것이다. 그렇게 꾸준히 관계를 쇄신해 나가는 거야. 그걸 자기쇄신이라고 해. 운동, 휴

세상 사는 데 고통이나 장애 없기를 바라서는 안 돼. 지붕이 잘 덮인 집에는 비가 새지 않는 법이야. 구름을 벗어난 달처럼 난 네가 이 세상을 비추는 그런 사람이 되기를 바라. 멀리서나마 늘 기도할게.

식, 신체적 건강을 유지하는 거야. 건강해야 무엇이든 할 수 있다. 그 다음에 네가 하고자 하는 거, 가고자 하는 방향에 따라 공부하는 거야.

독서, 글쓰기, 생각하는 시간. 아무래도 일기가 좋겠지? 내 경우를 보면 공부가 정리되더라고. 그리고 생각, 마음의 능력을 향상시킬 수 있더라고. 생각의 나무가 햇살을 받아 희망이라는 가지로 뻗어나가더라고. 사회적 감정이 성숙해지면 아마추어가 아니라 프로페셔널, 성인, 어른이 되는 거야. 그렇지, 나도 모르게 나이를 먹고 어른이 되어 있더라고.

그랬어, 한국문학전집, 세계문학전집을 쭉 읽고 나니, 사는 게 뭐야? 했고 사랑도 알게 되고 죽음도 알게 되고 종교가 다가오더라고. 『어린왕자』를 읽었고 『갈매기의 꿈』을 읽었고 『나의 라임 오렌지나무』를 읽었다. 그리고 헤르만 헤세의 『싯다르타』를 읽었어. 그리고 난 스님이 된 거야. 자연과의 교감, 그리고 자의반 타의반, 운명적 자의로 종교생활을 택하게 된 거지. 나도 너처럼 갈 곳이 없었어. 세상은 넓고 하고 싶은 건

많은데.

너는 하늘을 나는 조종사가 되고 싶다고 했지? 그러려면 몸이 유연해야 해. 몸에 상처가 없어야 해. 체력단련으로 심장을 강화시켜야 해. 잘 먹고 적절한 휴식과 수면을 취해야 해. 건강이 최고란다. 그 다음에 책을 읽어야 해. 책은 마음을 열어줘. 무엇보다 신문을 봐야 해. 신문 사설을 읽어봐. 사건과 사고에 대해, 일목요연하게 정리가 될 거야. 그리고 세상을 보는 눈, 관점을 가질 수 있어. 취미를 가져야 해. 게임은 게임일 뿐이야. 조금만 해. 자기 자신을 조절할 수 있어야 해. 분노조절, 감정조절. 배웠지?

스님은 음악을 듣는다. 인터넷으로 유명한 화가들의 그림을 본다. 그렇게 노래나 연주를 듣고 그림을 보면 두뇌가 자극이 돼. 휴식을 취하는 거지. 그리고 새로운 분야를 접하려고 노력해. 나같이 소설 쓰는 사람은 비유를 하려면 잡학다식해야 하거든. 그림도 마찬가지다. 그러다 보면 나만의 색깔, 나만의 냄새, 나만의 목소리를 만들어 낼 수 있어. 노래 잘 하는 가수들 많다. 그러나 노래 잘 한다고 해서 우리들에게 감동을 다 주는 건 아니야. 창작은 창의성 즉 독자적인 나만의 세계가 있어야 해.

너는 인생의 의미와 목적을 어디에 두고 사니? 스님은 무저항 비폭력주의자란다. 때리면 맞아. 스님도 많이 맞아봤는데 죽이지는 않더

라. 뒷골목을 나와 맑고 밝은 햇살 아래를 걸어야 한다. 나한테 “왜 스님이 되었어요?” 하는 질문을 대답 대신 너에게 되물을게. “너는 왜 조종사가 되려고 하니?” 너의 답을 듣고 내가 답해 줄게. 이미 나는 왜 스님이 되었는가에 대한 답을 했다고 생각하거든. 아니 이제 너는 오늘이면 곧 소년원을 나가게 되어 내가 그 답을 들을 수 없을 거야. 그러나 나는 멀리 있어도 너의 답을 들을 수 있단다. 스님은 천리안은 없어도 천리만리 밖의 소리를 들을 수 있는 귀가 있거든. 뻥이지만.

좌우지간 성실하게 살아야 해. 네가 경험하는 것들, 체험하는 것들. 그 사유로 세상을 살게 될 거야. 쉽게 오는 건 쉽게 간다. 너의 눈물, 땀과 피가 묻지 않은 빵은 먹지 마. 굶어 죽더라도.

나는 네가 조종사가 되지 않아도 좋아, 그 무엇이 되든 엄마 아빠가 없는 너의 세상에서 장애와 마주칠 때, 잘 극복해 나가길 기도할게. 세상 사는 데 고통이나 장애 없기를 바라서는 안 돼. 지붕이 잘 덮인 집에는 비가 새지 않는 법이야. 구름을 벗어난 달처럼 난 네가 이 세상을 비추는 그런 사람이 되기를 바라. 멀리서나마 늘 기도할게. 출소를 축하해. 오늘은 월요일, 이제 몇 시간 후면 너는 자유인이 되겠구나.

사랑한다. 잘 살아야 한다.

항상 너를 위해 기도해주는 혜범 스님이.

끝날 때까지 끝난 게 아냐

안녕, 무사히 안착했다니 다행이구나.

참선해라. 참선은 앉아서만 하는 게 아니라고 했다. 행주좌와, 어묵동정의 선이 있다고. 행선은 패러다임을 바꾼다. 인식이나 이론, 관습, 사고, 관념, 가치관을 바로 보는 것이다. 생각을 전환하는 것이다. 살면서 우리는 수없이 패러다임이 바뀐다. 사는 게 수행이다.

무엇보다 먼저, 수급카드를 찾아라. 재발급 받아 네가 소지하고 있어야 해. 통장, 도장은 절대 빌려주거나 맡기거나 해서는 안 된다. 환경과 조건, 패러다임, 틀, 공간을 인지해야 한다. 이제 너는 자유야. 이 세상은 네가 사는 거야. 네가 이 세상의 주인, 주인공인 것이야. 아무도 너의 삶을 대신 살아줄 수는 없단다.

뜻이 있는 곳에 길이 있단다. 뜻이란 무엇일까? 마음이란다. 무엇보다 마음이 어디 있느냐가 중요하다. 너의 말대로 우리는 무변광대한 우주를 비행하는 거야. 나는 고해의 바다를 항해 한다고 하지만. 그렇게 마음이 가는 곳으로 생각을 키우는 거야. 이승의 바다를 노 젓는 거지.

무엇보다도 인지가 중요해. 나는 어디에 있는가. 어디로 갈 것인가. 무엇이 될꼬. 또 어리벙벙한 얼굴로 입 다물고 있지 말고 네가 너한테 따져.

내가 나를 바라보는 거야. 세상에 대한 언어, 소통을 해야 할 거 아냐. 네가 쓰는 어휘들은 너무 드세더라. 어떤 말들은 내가 알아먹지도 못하겠어. 무엇보다 책을 통해 어휘력을 길러야 해. 언어추리. 세상을 독해하려면 논리력을 키워야 해. 너의 데이터를 통한 자료 해석력, 공간능력, 지각력을 길러야 해. 비행을 하려면, 항해를 하려면 어디에 있는가, 위치를 알아야 가야할 곳, 착륙해야 할 곳을 가늠할 수 있는 거야.

이게 바로 패러다임이야. 물론 패러다임은 영원히 지속될 수 없어. 항상 생성하고 발전하고 쇠퇴하고 대체되지. 환경과 조건을 바꿔 그 과정을 반복 되풀이 하는 게 우리가 사는 일이야. 전환되는 삶.

아마 이제 스님이 자주 편지하지 못할 거 같아. 나도 이제 속가 나이로 환갑이란다. 마음속의 패러다임에 따라 행동이 바뀌는 거지. 시절인연에 따라 행동해야지, 나라고 별 수 있겠니. 일체 외부활동을 자제할 거야. 나도 머물 수 있는 공간을 만들었어. 이제 나도 절간을 다듬어봐야지.

늙어서 추하고 싶지 않아. 아하, 그렇구나. 잘 한다, 괜찮아 그랬

세상과의 싸움도 중요하지만 너 자신과의 싸움이 더 중요해. 청춘이 간절하고 절박해야 그 무엇이든 이룰 수 있어. 지금의 생활이 슬퍼도 좋아. 끝날 때까지 끝난 게 아니라고, 네가 말했잖아.

지? 내가 나한테도 그래. 너도 그렇지? 나도 현실을 긍정하는 거야. 생각이 바뀌면 행동이 바뀌고, 행동이 바뀌면 습관이 바뀌고, 습관이 바뀌면 인생이 바뀐다잖아. 마음가짐을 바꾸는 거야. 바꿔, 바꿔, 다 바꿔. 발상의 전환, 역발상. 스님은 가끔 격외의 짓을 한다고 했지. 그게 삶의 리듬감이야.

자신감을 가져야 해. 스님 막무가내였던 거 알지? 자존감은 배짱이야, 배짱. 우리는 빈손으로 왔고 가져갈 것도 버릴 것도 없는 인생이야. 그러니 너를 존중해야해. 자학하지 마. 환경에 지배받지 않는 인간이 어디 있겠니? 너는 너에게 사랑받을 권리가 있어. 너는 무한한 가치가 있고 소중한 존재야. 또 너는 무한한 성과를 이루어 낼 수 있어. 네가 마음만 먹는다면. 네가 확신해서 행동한다면.

너는 참 좋은 성품을 가지고 있어. 긍정적이잖아. 나는 네가 무슨 일을 맡든 잘 해낼 수 있다고 믿어. 외롭다면 네가 좋아하는 노래 최희

준의 〈하숙생〉이었던가, 양희은의 〈아침이슬〉이고. 그 노래를 불러. 맞아. 너의 말대로 삶이란 고달픈 거야. 자긍심, 자존감, 자존심, 너를 존중하며 살아. 물론 수도 없이 부대껴 좌절하고 절망하겠지만. 긍정적인 자아개념. 자성을 발견하는 일이야. 비참한 세상을 살 만한 세상으로, 어두운 세상을 밝은 세상으로 만들어 줘. 너는 세상이 변하기를 열망했지? 세상과의 싸움도 중요하지만 너 자신과의 싸움이 더 중요해. 청춘이 간절하고 절박해야 그 무엇이든 이룰 수 있어. 지금의 생활이 슬퍼도 좋아. 끝날 때까지 끝난 게 아니라고, 네가 말했잖아.

내가 무슨 짓을 하고 있는지 알아야 해. 있는 그대로, 멋 부리려 하지 말고 내 선택과 행동을 책임져야 해. 나는 당당한 네가 되기를 원해. 우리 참되고 바르고 가치 있는 삶을 살자. 성실함과 근면, 인내와 용기. 스님은 너한테 절제가 가장 중요하다고 했다. 그래야 그 기존질서 속에서 발생되는 문제를 해결해 나갈 수 있는 거야.

스님이 행복을 찾으려면, 깨달음을 얻으려면 너를 나를 우리를 믿어라, 대신심, 대분심(大憤心), 대의심이라고 했지. 인생을 살아가는 건 마음공부야. 원력을 세워야 해. 그래야만 꼼꼼히 생각하고 더 큰 걸 볼 수 있어.

다른 아이들보다 늦었다고 생각하지 마. 오늘도 잔소리가 길었지? 우리는 남들보다 좋거나, 잘 하거나 하는 건 없다, 그치? 따뜻한 밥 한 그릇 해줄 엄마도 없고, 밥 한 그릇 먹으려면 돈 내야 하고. 잘 했든 잘못했든 칭찬해주고 나무라는, 포근히 안아줄 아빠도 없다. 그렇지? 그래도 살아야지 뭐. 마지막 잔소리할게. 신중하고 조심해야 해. 겸손해야 하고 무엇보다 희망과 꿈을 위한 자기 통제력이 있어야 해.

찾아오지 마. 정의롭게 용기 있게 그냥 네 갈 길을 가. 너희 때, 10대 때 인생이, 일생이 결정된단다. 그래서 청춘이란다.

네가 좋아하는 음악도 많이 듣고 영화도 많이 보고 춤도 추고. 부처님은 이 산중에 있는 게 아냐. 네가 바로 예수고 네가 바로 부처야. 아기부처님, 네가 어서 어른 부처님이 되기를 바란다. 그럼, 안녕. 고집스런 너를 만나 참 행복했단다.

오늘도 네가 고통과 방황에서 깨어나기를 바라며 기도하는 혜범 스님이.

나의 어린왕자에게

안녕. 미안하다. 여러 번 전화를 했었구나.

난 전화를 잘 받지 않는단다. 너도 알지. 또 웬만해서는 전화를 잘 걸지도 않는단다. 심지어 암자의 전화번호를 114, 전화번호부 책에서 삭제해 놓았단다. 급한 이들은 거개가 문자로 핸드폰에 메시지를 남기더라. 그런데 너의 문자로 나는 한동안 눈을 씀벅거렸단다.

"막막해요. 무엇을 선택해야 할지 모르겠어요."

그래, 쓸쓸하고 고된 시기를 만났구나. 에이치 지 웰즈의 『항공기, 1895』를 읽었다고 했지. 우리도 티티처럼 타임머신을 탄 시간여행자란다. 선택이란 인생의 비행 조정장치, 시동을 거는 것이다. 인생 속으로 치닫기 위해 세계를 날아가는 거야. 너는 비행이라 하지만 스님은 고통의 바다를 항해한다고 여긴단다.

그래도 나는 하루에 두 번 전화기를 들여다본단다. 절집, 스님들이 그렇단다. 오는 사람 반기고, 가는 이는 절대 잡지 않는다. 또 오면 오는 거고 가면 가는 거다. 인연법칙에 따른 선택이다. 나도 그런 한 수행자일 뿐이다. 나를 보러 오지 말고 부처님을 뵈러 가라. 불가근불가원(不可近不可遠). 연연해하지 않으려는 거겠지. 너의 입장에서 너는 너 하나지만 스님은 공인(公人), 스님에게도 많은 일들이 있단다. 배려해줄 수 있지? 그러니 네가 있는 곳에서 가까운 절간을 찾아가. 초와 향을 사가지고 가서 법당의 불을 밝혀봐. 우리 무릎 꿇고 절 많이 했잖아. 스님을 만나려 하지 말고 너 자신을 만나려고 노력해봐.

티티도 어느 정원에 다다랐어. 서기 827001년의 사람들이었나. 낯선 사람들이었지. 이상한 언어를 사용하고 체구가 왜소해서 아름다운 사람들. 타임머신을 만지고 싶어 했지? 티티는 어떻게 했지? 그들을 위해 시동을 껐잖아.

우리에게는 선택의 자유가 있단다. 사소한 선택에서부터 인생의 진로를 결정짓는 중요한 선택에 이르기까지. 우리는 수없이 많은 선택을 하며 살아간단다. 사람살이. 살아가다 보면 우리는 잘못된 선택을 하는 경우도 생긴다. 설사 잘못된 선택을 했더라도 그 선택에 대해서 우리가 책임을 져야하는 게 사회다.

"인생의 모든 책임은 바로 너 자신에게 있다. 내가 너의 생을 대신해서 살아줄 수가 없단다."

티티는 그네들의 언어를 배우기 위해 애쓰지. 나도 책임을 위해 하루에 두 번 전화기를 들여다본단다. 나는 그냥 평생 수행자이고 싶지만, 밥은? 물론 청산(靑山)을 만들기 위해 반농반선(半農半禪)을 주창하지만.

부모님, 친구, 형, 오빠, 언니, 선생님에게 의존하지 마라. 참 너에겐 엄마 아빠가 안 계시지. 네 인생은 너의 것. 오늘 너의 모습은 바로 어제 네가 선택한 결과이다. 나도 막막하다. 그러나 내가 살아온 거, 살아갈 거 다 내가 선택한 일이다. 지나간 것은 지나간 대로 두자. 중요한 건 바로 지금. 내가 선택해야 한다는 거다. 건강한 삶을 살아가고 있니? 행복해지고 싶니? 풍요롭고 싶어? 네가 선택하는 거야.

인간적인 선, 최고의 선(최상의 좋은 것), 선과 세상과의 관계, '행복'과 최고의 선, 관찰, 성찰, 통찰을 통한 관조적 삶, 선의 이데아에 대한 철학적 견해를 갖는 거야.

스님이 말했지. 세상에는 눈에 보이지 않지만 마음으로 느낄 수 있단다. 그런 건 너와 함께 영원히 하는 것들이야. 도덕적인 덕과 사유,

너는 이 땅에 올 메시아, 미륵이라고 내가 그랬지, 너는 예수고 부처라고, 척박한 이 땅을 비옥하게 만들 구세주, 미륵이라고, 나의 어린왕자야, 오늘도 비행(飛行) 잘 하도록,

도덕적인 행위의 출발점은 합리적 선택이라고. 합리적. 내 말이면 안 믿어도 되는데, 아리스토텔레스의 아들인 니코마코스가 한 말이라고. 기억하지?

열심히 운동하면 건강해지고, 행복하기 위해 노력하고, 잘 살고 싶으면 잘 살아가는 거야. 삶과 노동, 부와 안락함. 행복을 선택하는 거지. 항상 즐겁게 생각하고, 행복하다 느끼면 된다.

나는 모든 일에 만족한다. 소욕지족. 안분지족. 내가 스스로 만족하고 행복하다고 느끼면 행복한 거야. 그 모든 책임은 바로 내가 져야 하는 거야.

티티는 누구를 만나지? 사흘째 되는 날. 물가에서 익사할 뻔한 소녀 위나야. 위나의 두려움은 어둠이잖아. 어둠이 상징하는 게 뭐라고 했지? 부조리, 모순, 독재, 무명, 허무. 나도 어릴 땐 그랬어. 상대의 세상의 장점은 보지 못하고 단점만 왜 그리 눈에 잘 들어오던지. 자본주의 부에 미친 이코노믹 애니멀들. 경쟁사회. 웰즈는 자본주의에 반박하지. 그건 웰즈가 사회주의자적 입장이기 때문이야. 그것까지 네가 읽어냈다면 그건 네가 걸러내야 하는 부분이고.

긍정적인 사고, 생각, 의사결정. 이게 바로 선택인 거야. 선택의 순간에 그 선택에 책임을 다한다면 어떤 선택을 해도 문제가 되지 않아. 모든 것에 좋고 나쁨이 있을 수 있어. 허니 선택의 기준이 있다면, 그것은 최선의 행복이어야 해. 그들이 아닌, 우리가 했던 '선택'이기에 '책임'도 우리 몫이지.

나는, 티티에게 위나는 어린 예수, 어린 부처로 봤어. 난 네가 부처님으로 보여. 일할 준비를 해. 스님이 일일부작이면 일일불식(一日不作 一日不食)이라고 했지. 너의 일은 공부야. 너의 적응 능력. 너의 소질이나 성격에 맞는 일을 택해. 아, 조종사가 되고 싶다고 했지. 공사를 갈 준비를 해. 아니면 학사 장교로 가는 방법이 있고, 항공대 항공운항과로 진학하면 되겠더라. 그런데 내가 봐서는 공사를 가는 게 좋다고 본다. 내가 너를 뒷바라지 해줄 능력이 없기 때문이야. 공부를 열심히 더 해야겠지? 어느 길을 선택하더라도 네 실력에 조금만 더하면 되겠더라. 너는 이 땅에 올 메시아, 미륵이라고 내가 그랬지. 너는 예수고 부처라고. 척박한 이 땅을 비옥하게 만들 구세주, 미륵이라고.

참, 비행하려면 무엇보다 먼저 담배를 끊어야 해. 자제심을 잃지 마. 그건 비행(飛行)이 아니라 비행(非行)이야. 오늘도 잔소리가 많았구나. 나의 어린왕자야. 오늘도 비행(飛行) 잘 하도록.

홀로 가고 홀로 오는 길에 두 손 모은 혜범 스님이.

울고 싶을 땐 울어라

아이야, 울어라. 울고 싶을 땐, 울어라.

그런데 공부는 열심히 했니? 우리가 사는 게 공부란다. 그래, 산다는 건 배우는 거야. 공부란 학문이나 기술 등을 배우고 익히는 거지만 인생을 배우고 익히고 실천하는 것이야. 그러니 우리는 영원한 학생인 거야. 남자가 죽으면 장례를 치르거나 제사를 지낼 때 지방에 '학생'이란 말을 쓴단다. 현증조 학생 부군 신위, 현조 학생 부군 신위, 현고 학생 부군 신위라고. 지방에 학생이라 쓰는 이유는 우리가 산다는 걸 학업으로 보는 유교적 관점도 있어. 참되고 바르고 가치있는 삶. 난 사는 게 수행(修行)이라 한단다. 수도(修道)란 멀리 있지 않다. 행복으로 가는 길, 그게 바로 우리의 과정이며 궁극인 도(道)란다. 그만큼 나는 평상심시도(平常心是道)란 말을 좋아한단다. 불교에서의 공부는 대원경지의 구경각에 다다름이야, 견성성불(見性成佛)을 의미한단다.

날마다 반복되는 생활이라 해도 허투루마투루 살아선 안 된다. 바람소리, 흐르는 시냇물소리는 어제의 시냇물소리, 어제의 바람소리가 아니다. 어제보다 나은 오늘, 오늘보다 나은 내일로 가려면 무엇보다 건강해야 해. 몸이 튼튼 마음이 튼튼해야 이 세상의 주인이 될 수 있어. 사는 게 즐거워야 해. 자기계발과 경영이라 할까? 목표에 따른 라이프플랜에 맞춰 사는 건 공부다.

공부인(工夫人), 사람이 산다는 건 배우는 거다(生卽學). 배운다는 것처럼 희망적이고 매력적이고 진취적이고 생산적인 건 없어. 여기서 생각을 바꿔 한 발 나가면 사람이 산다는 건 깨닫는 것이다(生卽覺)가 되는 거야. 나를 발견하는 거지. 그걸 자성(自性)이라 한단다. 관(觀), 그러니까 보는 자(見者), 관자(觀者)에서 행하는 자(行者, 수행자의 준말)가 되는 거야. 그러면 이 생(生)을 관찰, 성찰, 통찰을 통해 두루 꿰는 거야. 이런 걸 화두를 든다, 하기도 하고 참선한다, 하기도 하는 거야. 꿈? 자비의 실천이라고 할 수 있겠지? 이것이 바로 견성(見性), 깨달음(覺者)으로 가는 길이야. 길은 도(道)다.

어렵니? 행복한 일상을 꾸려가는 건 나도 어렵다. 하지만 나도 열심히 산단다. 너도 쉬지 말고 꾸준히 공부해야 해. 이제 공부해야 하는 까닭을 알겠지? 우리가 공부하고자 함은 마음에 따르지 않고 마음의 주인이 되기 위함이야.

아이야, 울지 마라. 울면 힘이 빠진단다. 지나친 고행(苦行), 난행(難

아이야, 이제 그만 울지 말고 너만의 노래, 너만의 춤을 추려무나. 지나친 고행(苦行), 난행(難行)은 수행이 아니다. 자기학대, 자기비하의 행위는 절망일 뿐이다. 있는 그대로 살자. 있으면 있는 대로, 없으면 없는 대로.

行)은 수행이 아니다. 자기학대, 자기비하의 행위는 절망일 뿐이다. 있는 그대로 살자. 있으면 있는 대로, 없으면 없는 대로.

아이야, 이제 그만 울지 말고 너만의 노래, 너만의 춤을 추려무나.

이 세상에서 그 누구도 부를 수 없는 병상(病床)에서의 너의 노래. 너는 노래를 참 잘 하더라. 지난 번에 너의 숨결, 너의 온기를 느낄 수 있어서 좋았다. 그래, 감동적이었어. 지금은 비록 네가 울지만 그렇지? 그래, 너의 춤, 너의 생(生). 열심히 살면 세상은 살 만하단다. 창조적이고 창작적이어야 해. 마지막으로 『열반경』에 공부인이 의지할 4가지와 의지처를 적어 보낸다.

의법불의인(依法不依人)

법에 의지하고, 사람에 의지하지 말아라.

의의불의어(依義不依語)

뜻에 의지하고, 말에 의지하지 말아라.

의지불의식(依智不依識)

지혜에 의지하지, 지식에 의지하지 말아라.

의요의경불의불요의경(依了義經不依不了義經)

요긴한 뜻과 말에 의지하지, 요긴하지 않은 뜻에 의지하지 말아라.

두 손 모은 혜범 스님이.

번뇌를 번뇌로 보지 마라

아이야, 오늘도 착한 아침이 우리에게 왔구나. 마음이다. 번뇌, 망상, 집착 모두 마음이다. 삶은 혹독하다. 어렵고 힘들다. 번뇌를 보리로 만들 때 아름답고 행복하고 인생이 즐거워진다. 일체유심조(一體唯心造), 다 마음먹기에 달렸다.

독버섯이 사람을 죽이기 위하여 생긴 것이 아니고 독사가 사람을 죽이기 위하여 무는 게 아니다. 길 가운데 튀어나온 돌이 사람을 넘어뜨리기 위해 튀어나온 것이 아니다. 있는 그대로 있던 것뿐이다. 번뇌나 괴로움이나 슬픔이 사람을 괴롭히는 게 아니라 사람이 스스로 괴로워하고 힘들어하는 것이다. 물론 우리는 완벽하지 않다. 내 안의 나를 만나는 일, 기대를 현실로 바꾸는 일 결코 쉽지 않다.

괴로움을 떠나 어찌 즐거움을 얻을 것이며 번뇌를 떠나 어찌 보리도를 얻을 수 있겠는가? 번뇌는 곧 보리(煩惱卽菩提), 깨달음이다. 우리는 나그네, 여행자. 길가의 이정표는 거리와 방향만 표시할 뿐이다. 이정표

새로운 아침이다. 너의 새로운 출발, 집착과 고정관념에서 벗어나고자 하는 새로운 시작에 기도를 올린다. 너의 눈에 보이는 세계가 바로 부처의 세계요, 네가 머물고 있는 세계가 바로 불국정토다.

대로 갈 것인지 말지는 이 생(生)의 주인공인 우리의 책임이다. 이정표에는 책임이 있을 수 없다.

너도 나그네, 나도 나그네. 세상을 바꾸려면 나를 바꾸면 된다. 모든 것은 변한다.

인생에 있어 최고 행복한 사람은 소원이 없는 사람이다. 모든 것을 다 이루어 소원이 없는 것이 아니라 일체법무아(一切法無我)를 깨닫고 일체법공상(一切法空想)을 깨달으면 어찌 소원하는 바가 있겠는가?

산다는 거, 수행이란 철저한 자기통제다.

나를 알면 너를 알게 되고, 나를 알면 그것을 알게 되고, 나를 알면 하늘과 땅의 이치를 알게 된다. 깨달음의 대상은 진리가 아니고 번뇌망상이다. 깨달음의 진리는 원래 없는 것이다. 육신은 정신의 바탕이고 정신의 육체의 작용일 뿐이다.

해마다 봄이 오면 꽃이 피고 가을이면 오색 물결이 파도친다. 앞

산, 뒷산도 내 마음이 바뀌면 전혀 다른 모습으로 다가오는 것이다. 내 마음을 바꾸면 인생도 바뀌고 세상도 바뀌는 것이다.

먹고 산다는 거 안쪽을 봐라. 내일 무슨 일이 일어날지 모르는 우리들의 인생사. 우리가 사는 게 해탈, 열반이란다. 물이 없어도 살 수 없고 물이 많아도 살 수 없다. 번뇌의 늪에 빠져서도 안 되지만 목숨의 바다에 빠져서도 안 된다. 존재의 바다 속에 비친 달을 보되 바다에 빠져서는 안 된다.

진리는 깨달음의 대상이지 믿음의 대상이 아니니다.

지금 여기, 우리는 이웃과 세상에 더불어 살고 있다. 시냇물에 돌을 모두 치우면 시냇물은 노래를 잃어버린다. 분별 망상장애를 모두 없애면 인생의 의미도 사라진단다. 깨어라. 잠든 이는 계속 자고 싶어하고 깨어 있는 이는 늘 괴로움이 없고 자유로운 사람으로 살고 싶어 한다.

새로운 아침이다. 너의 새로운 출발, 집착과 고정관념에서 벗어나고자 하는 새로운 시작에 기도를 올린다. 너의 눈에 보이는 세계가 바로 부처의 세계요, 네가 머물고 있는 세계가 바로 불국정토다. 네가 생각하고 있는 세계가 열반의 세계요, 인생의 시작이고 인생이 끝이란다. 그래, 나의 아이야. 언제나 어디에 있든 행복하길 바란다.

네가 행복하길 바라는 혜범 스님이.

혜범 스님 산문집
행복한 권리

지은이_ 혜범
펴낸이_ 조현석
펴낸곳_ 북인
디자인_ 푸른영토

1판 1쇄_ 2016년 05월 14일
출판등록번호_ 313 - 2004 - 000111
주소_ 121 - 842 서울 마포구 서교동 467 - 4, 301호
전화_ 02 - 323 - 7767
팩스_ 02 - 323 - 7845

ISBN 979 - 11 - 95674 - 18 - 3 03810